狄梁公像

大唐狄公案

铁钉案

Robert van Gulik

THE CHINESE NAIL MURDERS

〔荷兰〕高罗佩——著
张凌——译

上海译文出版社

狄梁公像

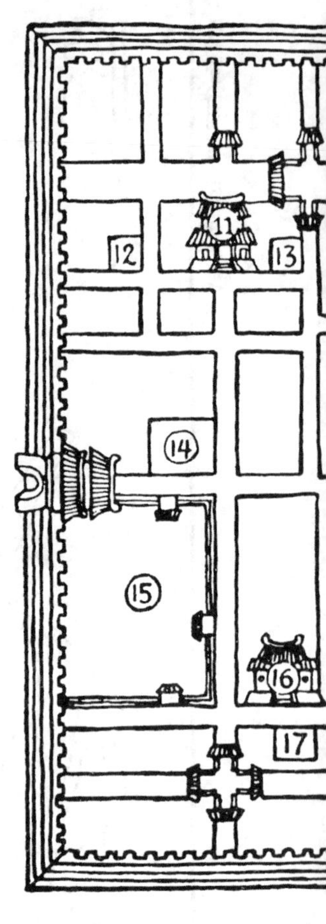

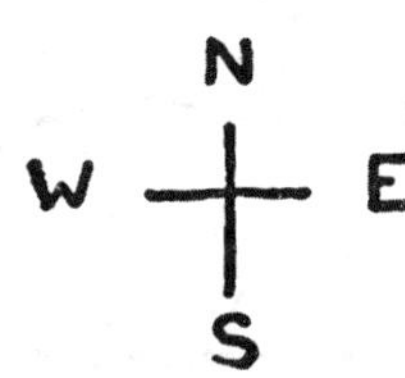

1. 县衙　2. 旧校场　3. 鼓楼　4
7. 军营货仓　8. 潘家古董铺　9. 叶
12. 陆家棉布庄　13. 蓝宅　14. 温
17. 廖宅　18. 城中大道　19

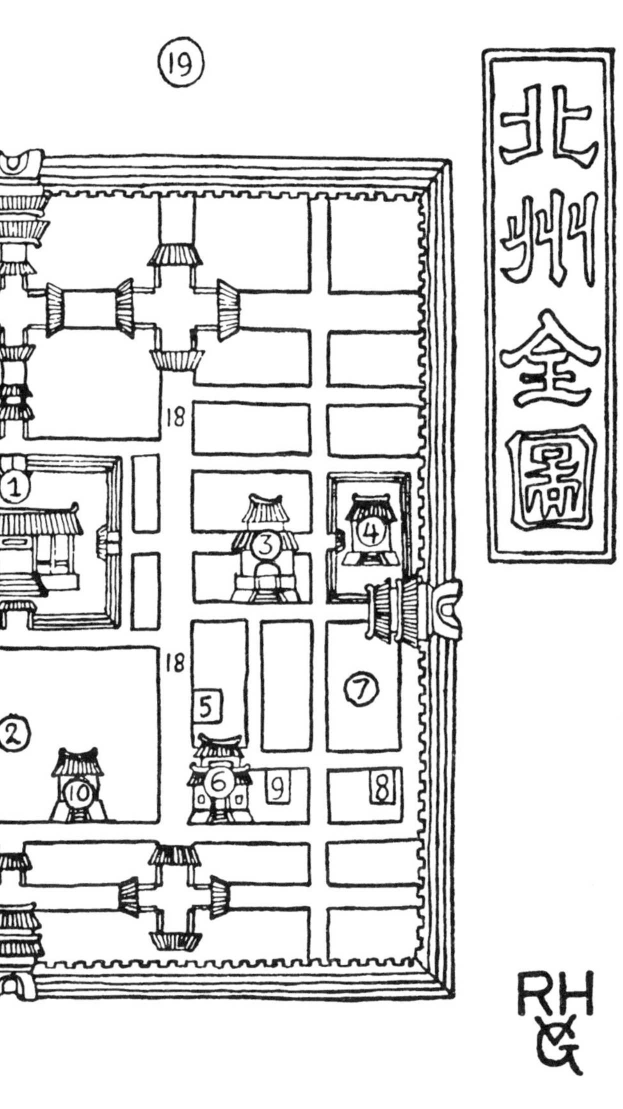

家药房　6. 关帝庙
楼　11. 城隍庙
市　16. 孔庙
场

前　言

《铁钉案》是笔者所著的狄公案系列小说之一。

本书讲述了中国古代著名判官狄仁杰在就任北州县令数月后，如何智断三桩疑案的故事。北州地处北方偏远边陲，书中附有全城地图，后记中不但列出了中文素材来源，而且还有关于狄公案系列小说的几点说明，以及笔者的写作意图与方式。

此系列小说只述及狄仁杰仕途生涯的前期，即外放各地担任地方县令时的经历，关于这一时期，在中国古代典籍中并无详录，仅仅提到他曾勘破过诸多疑案，然而对其在朝廷任职的后期却有着相当翔实的记载，因为此时他已成为朝廷重臣，且是少数几位能对武后施加影响的人物之一。武后性情残忍、生活放荡，但又极富才干，以铁腕手段统治大唐帝国长达五十年之久[1]。史书中载有狄仁杰如何试图治理官场腐败，如何被诬陷下狱判处死罪，又如何用计得以逃脱出狱并重掌大权，之后不但阻止了武后的许多残酷行径，并且挫败了她企图将旁系亲属扶上皇位的图谋——此乃狄仁杰平生之最大功绩。所有这些事件均昭示出史实远比文学更加匪夷所思。

狄仁杰卒于公元 700 年，享年七十岁，在朝中极富威望，官至宰相，身后有二子❷，入仕为官却宦绩平平，然而史书记载其族曾孙狄兼谟继承了他的光辉人格与出众才智，官至东都留守卒。

太原狄氏后来虽也出现过几位文人学士，但在朝廷中不再声名显赫，其后代至今尚存。1936 年，笔者曾在上海面会过狄公后人，乃是一位十分可敬的长者，精通古代书画鉴赏，惜哉此次晤面仅是出于礼节的泛泛而谈，因为笔者当时尚未预见到十四年之后，自己竟会提笔撰写有关其著名先祖的系列小说。

高罗佩

---

❶ 关于狄仁杰仕途生涯的后期，在林语堂的历史小说《武则天传》中有生动描述。——原注

❷ 即狄光嗣与狄景晖。

目　录

插 图 一 览

人 物 表

狄仁杰：北州县令，又称“狄公”。北州地处大唐北方边陲。

洪　亮：狄公的亲信谋士，被任命为县衙都头，又称“洪都头”。

马　荣：狄公的亲信随从。

乔　泰：狄公的亲信随从。

陶　干：狄公的亲信随从。

郭掌柜：药师，县衙仵作。

郭夫人：郭掌柜之妻，兼管女牢。

叶　宾：纸坊掌柜。

叶　泰：叶宾之弟。

潘　丰：古董商。

潘叶氏：潘丰之妻。

老　高：城南里长。

蓝道魁：拳师魁首。

梅　诚：蓝道魁之得力副手。

陆　明：棉布商，死于五个月之前。

陆陈氏：陆明之孀妻。

陆梅兰：陆明之幼女。

廖掌柜：皮匠行会首领。

廖莲芳：廖掌柜之女。

朱大元：富裕乡绅，当地名门望族。

于　康：朱大元之书记，与廖莲芳订有婚约。

第一回

凉亭内不意会兄长　二堂中骤然闻凶杀

判官须勇毅，对面白浪翻。

恨疑相推波，诡诈又助澜。

孤桥狭如刃，止此一线穿。

切忌心旌动，踟蹰行愈难。

大义如北辰，千载无移转。

时时慎自谨，惟瞻此高寒。

话说昨日夜半，凉风习习，清气阵阵，敝人独坐于花园亭阁中享此爽惬。彼时三更已过，众妻妾早已各自回房安歇。

这整整一晚，我一直在书斋内伏案攻读，不但让童仆从架上搬书不辍，还指出所需的章节命他抄录。

值此大明盛世，正如诸君所知，我但有余暇，便一心致力于撰写本朝刑侦探案史略，并附有前代著名判官的生平纪传，如今正书至狄仁杰处。此人是七百年前的大唐良相，早年曾历任各地县令，勘破过诸多疑案，因此亦是青史留名的断案行家之一，被后人称为“狄公”。

我见那书童困倦已极，便打发他自去歇息，随后又提笔给家兄写了一封长信。两年前，家兄远赴北方边陲，就任北州刺史的掌书记，临行时还将地处邻街的宅院托付与我照料看顾。我方才得知狄公外放的最末一处任所正是北州，随后便入京升任要职，想烦劳家兄代为查考当地史料，不定会有狄公断案的记载也未可知。我们兄弟一向亲厚，料他定会全力相助。

一时书成搁笔，我只觉书斋内十分闷热，便信步出门踱至园中，清风拂面，莲池生波，不觉心神一爽。昔年曾在花园角落处建起一座小亭，亭外芭蕉掩映，我并无意立时归寝，心说不妨在此略坐片刻。不瞒诸位，自打娶了第三房夫人后，近来家中颇多龃龉。那三夫人容貌妩媚、知书达理，不料正房与二房一见她便心生厌憎，委实令我不解。但凡我去她房内过夜，那二人便妒恨不已。今晚原本应许过要去大夫人那边，但须得承认心情殊非急切。

我靠坐在竹椅中，轻摇鹤毛羽扇，正怡然欣赏着月下美景，忽见角门开启，不意却是家兄走入！

我又惊又喜，连忙起身奔去相迎，口中叫道：“什么风竟把大哥给吹来了！南下归家也不事先告知小弟一声！”

“只因事出意外，我非得远行不可，”家兄说道，“一心只想着来见你一面。此时入夜已深，还望勿要介意！”

我殷勤搀扶他步入亭内，触手之间，只觉其衣袖颇为湿冷。

我将圈椅让给家兄，自己拽过另一把椅子坐在对面，不住上下打量。他看去清减不少，面色灰白，双目微凸，令我不免有些忧心：“虽说月下不宜鉴貌辨色，但大哥看去似乎贵体欠佳，想必应是从北州一路赶来，长途劳顿所致吧？”

“路上确实殊为不易，”家兄和缓说道，“我原本打算四日前便抵，不想途中遭逢大雾。”随手一拂简素的白袍，落下一块已然干硬的泥巴。“近来我颇觉不适，此处疼痛得紧，”说话间抬手轻抚头顶，“并且一直痛到两眼后的脑仁中去，不时还会浑身打战。”

“此地天气温热，对你定会大有益处！”我出言安慰道，“明日再请以往熟识的大夫来为大哥诊治。如今且说说北州有何消息？”

于是家兄简述一番在北州任职的情形，听去与那刺史老爷倒是甚为相得，但提及家务时却颇有忧色，道是近来大夫人行事十分古怪，待他亦不复以往，却又不知何故，听去貌似与此番遽然还乡颇有干系。正说话时，他浑身簌簌发抖，我也不好一力追问到底何事如此恼人。

为了令他稍稍释怀，我将话题转到狄公身上，又说起刚刚写成的那封书信来。

“不错不错，”家兄说道，“我在北州确实听人说过一段旧事，道是狄公在当地就任县令时，曾勘破过三桩疑案，十分耸人听闻。这故事在酒肆茶坊中众口相传已有几百年，自是添枝加叶，越发怪诞离奇了。”

“如今午夜刚过，”我起兴说道，“若是大哥尚未十分疲累，还请讲给小弟听听如何!”

家兄憔悴的面上掠过一丝痛楚。我看在眼里，正要为自己的不情之请开口致歉，却被他抬手止住。

“听听这段逸事想必会对你颇有助益，”家兄肃然说道，“若是我自己早些留意的话，或许事情也不至于此……”说着语声渐低，又一次轻抚头顶，然后徐徐述道：“你必已听说过在狄公生时，唐军曾与突厥人交战，获胜之后，大唐疆界首次拓展至北州以北的大漠中。虽说北州如今人烟阜盛、富裕丰饶，是北地诸镇中首屈一指的商贾云集之地，但在彼时却十分荒凉偏僻，人口稀少不说，且还杂有不少突厥后裔，他们仍然信奉神秘古怪的蛮族异教。再往北去，则有大将军温洛统率的大军镇守，保护大唐不受突厥牧民侵扰。”

凉亭内不意会兄长

叙过前言后，家兄切入正题，讲述了一段匪夷所思的故事，直说到四更鼓响时，方才起身告辞。

我见他浑身抖得厉害，且音声嘶哑低弱、几不可闻，意欲一路陪同送至宅中，然而他却坚辞不受，于是我们兄弟便在花园门口拱手道别。

此时我睡意全无，索性返回书斋振笔疾书，一气录下了家兄适才所述之事，直到天边微红、曙色初现时方才搁笔，又在露台的竹榻上和衣躺下。

一觉醒来，已是午膳时分，我命童仆将饭菜送到露台上，举箸大吃起来。至于昨夜闺中失约一节，若是大夫人口出怨言，我大可理直气壮地搬出家兄意外造访的理由来，定能使她无话可说。一旦打发了这恼人的婆娘，我意欲踱去家兄宅中再度漫坐闲谈，或许他自会道出为何离开北州匆忙归家，况且昨夜所述之旧闻中，尚有几点不甚明晰之处，顺便还可请他详加阐释。

我刚刚撂下筷子，却见管家走入，道是有一特使专程从北州赶来。此人由刺史大人差遣，送给我一封书信，信中憾然告知曰家兄已在四日前的深夜里溘然长逝。

狄公紧裹一件厚皮袍，坐在书案后的圈椅中，虽然头戴一顶遮耳旧皮风帽，仍是觉得偌大的二堂内寒气迫人。

狄公看看坐在对面脚凳上的两名老随从，开口说道："果然是朔风凛凛，即使从最小的罅隙也能吹入!"

"这风是从北边大漠中直刮过来的，老爷。"留着花白山羊胡的老者说道，"我去叫衙吏们给盆中添些炭火!"说罢起身朝门口走去。

狄公微微皱眉，对另一人说道："陶干，你看去倒是对这北地严冬浑不在意。"

那枯瘦男子身上裹着一袭打了补丁的羊皮大氅，将两手笼入袖中更深，讪笑一下答道："回老爷，我曾经拖着这把老骨头，走遍了大江南北，无论气候冷热干湿，我一概等闲视之！况且如今还有这件突厥人的皮氅，比起那些贵重的毛皮衣料来，都要好得远哩!"

狄公心想如此寒伧的衣袍实属平生仅见，但也深知这位精明油滑的老亲信向来十分省俭。陶干曾是一名云游四方的江湖骗子，九年前，狄公就任汉源县令时，偶然从危境中救出了陶干❶，从此他便洗心革面，投在狄公门下。陶干不但对黑道内外了如指掌，且又精通人情世故，在追踪狡猾的案犯时极为得力。

---

❶ 见《湖滨案》第十二回。——原注

这时洪亮带着一名衙吏转回，衙吏手提大桶，将桶中红热的木炭倒入书案旁的大铜盆内。洪亮复又坐下，搓着两手说道：“这屋子的毛病就是地方太大了些，老爷！以前何尝有过三丈见方的二堂！”

狄公朝四下一望，只见粗大的木柱支撑起年久发黑的屋顶，对面大窗上糊有厚厚的油纸，依稀透入外面庭院中的雪光。

“洪都头莫要忘记，”狄公说道，“就在三年前，这县衙还是我大唐北军的兵营总部。若是地方促狭，身披铠甲的将士们走动起来，定会多有不便。”

“如今大将军的驻地只会愈发开阔轩敞！”陶干说道，“朝北再走上六百里，正在极北苦寒的朔漠之中。”

“说来京师吏部的消息未免忒不灵通，至少迟了有二三年！”洪亮议论道，“当日派老爷赴任此地时，他们分明以为北州仍在我大唐边境哩！”

“言之有理！”狄公苦笑一下，“那吏部主事将官牒授予我时，出语虽彬彬有礼，却略显心不在焉，说是想必我还得与蛮夷打些交道，正如在兰坊时的情形一般。[1] 待我们抵达此地后，方才得知蛮夷不但远在九百里开外，而且

---

[1] 见《迷宫案》。——原注

与北州之间还隔着上万军兵！”

洪亮忿忿地揪一揪山羊胡，起身去屋角看视茶炉。洪亮原是太原狄府的一名家仆，狄公从孩童时，便得他悉心照料。十二年前，狄公首次外放担任地方县令，洪亮不顾年事已高，执意随行各地，每到一处，皆被狄公任命为县衙都头。他一向忠心耿耿，且又能出谋划策，深得狄公信赖。

洪亮送上大碗热茶，狄公感激接过，两手捂着茶碗藉以取暖，又道：“说起来倒也无可抱怨。此地百姓淳朴厚道、勤劳壮健，这四个月中，除了县衙例行事务，只出过几起打架斗殴的乱子，并且皆被马荣乔泰迅速平息了！要说对付逃卒和流窜入本地的散兵游勇，军中巡兵确实甚为得力。”缓缓捋着一把长髯，又道：“只是十日前出的廖小姐失踪一案，至今还未有线索。”

“昨天我还遇到她的父亲廖掌柜，”陶干说道，“连连追问可有莲芳小姐的消息。”

狄公放下茶碗，紧皱浓眉，说道：“我们已查看过廛市，又将她的身形相貌写成文书，散发给各处军营及邻县官府，可说已是尽力而为了。”

陶干点头说道：“我倒觉得这廖莲芳失踪一案，未必用得着如此大动干戈，想来她定是与情郎偷偷私奔去也，过一阵子便会抱着白胖小子，带着满脸羞愧的夫婿一道归家，并恳请父亲宽宥容谅、莫计前嫌!”

“切记那廖莲芳早已订有婚约在身!”洪亮说道。

陶干听罢，只是讥讽地撇嘴一笑。

“看此案的情形，我也深觉似是相约私奔。”狄公说道，“彼时廖莲芳与保姆正在廛市中，适逢一个突厥人耍熊作戏，引来观者如堵，于是她二人也挤上前去一同赏看，不料转眼便没了廖莲芳的踪影。试想谁能在大庭广众之下公然劫去一个年青女子，故此多半是她自行遁迹消失。”

此时铜锣敲响，狄公闻声立起，说道：“早衙即将开堂，今日必得重述有关廖小姐失踪的案报不可。走失人口总是麻烦得很，倒不如索性来一桩直截了当的杀人案哩!”

洪亮从旁襄助老爷换上官服，只听狄公又道：“马荣乔泰出门打猎，为何仍不见回来?”

洪亮答道：“昨晚他二人道是要出去打野狼，天亮前动身，待到早衙开堂时便归。”

狄公叹了口气，脱下暖和的皮风帽，将乌纱官帽套在头上，正要出门时，却见衙役班头奔入，急急说道：“启禀老爷，今早城南有个妇人被杀，死状甚惨。消息传出后，百姓们如同炸了锅一般!”

狄公闻言止步，对洪亮肃然说道："我适才所言真是愚蠢至极！人命关天之事，断乎不可信口妄言！"

陶干面带忧色，从旁说道："但愿不会是那廖莲芳！"

狄公未置一辞，走上通往大堂的穿廊时，对班头问道："你可见到马荣乔泰？"

"回老爷，他二人刚刚回来。"班头答道，"不巧廛市主管奔来衙院，报说有人正在一家酒肆中大打出手，须得搬救兵前去弹压，于是两位大哥便又拨转马头，随那主管一径去了。"

狄公点点头，开门后掀帘步入大堂。

第二回

闯公堂叶宾告妹丈　赴潘宅狄公查现场

狄公在高台上的案桌后落座，只见堂下挤满了看众，足足超过百人。

六名衙役排成两列，彼此相对立于案桌前，班头站在一边，洪亮照旧立在狄公身后。案桌另一侧设有一张低桌，主簿正在那里摆弄笔墨等物，旁边站着陶干。

狄公正要举起惊堂木，却见两个身穿皮袍的男子意欲从大堂门口排众入内，奈何人多拥挤、行进不便，且又被团团围住问个不休。狄公示意一下，班头立即下去，引那二人上前。

狄公一拍惊堂木，喝道："肃静！"

大堂内立时鸦雀无声。众目睽睽之中，那两名男子跪倒在高台前的青石板地上，一个看去年岁较长，身形枯瘦，面容憔悴，蓄着一绺尖尖的花白胡须；另一个却是身材魁梧、阔面丰颔，留着一圈络腮胡子。

狄公宣道："北州县衙今早开堂，本县先来清点一众衙员。”

点过花名册后，狄公见未缺一员，方才倾身朝前，发问道：“堂下何人?”

“老爷在上，小民名叫叶宾，以经营纸坊为生。”年长者恭敬说道，“旁边这位是小民的兄弟叶泰，平日里帮我照料店铺。我二人前来县衙，为的是向老爷告发妹夫潘丰。他本是个古董商人，竟然狠心杀死我们的妹子，恳请老爷……”

“这潘丰人在何处?”狄公插话问道。

“回老爷，他已于昨日逃出城去，小民但愿……”

“凡事总得有个次序!”狄公断然说道，“先说你们几时发现出了人命？又是如何发现的?”

“今日一大早，小民的兄弟前去潘家，”叶宾叙道，“敲了半日大门，里面却无人应答。平素这个时候，家中总是有人在的，他见此情形，担心出了什么意外，于是便一路奔回……”

“慢着!”狄公又道，“为何他不先问问街坊邻居，是否见过潘丰夫妇离家出门?”

“回老爷，他们夫妻二人住在一条十分冷僻的街上，”叶宾答道，“左右两旁皆是空宅。”

“再往下说。”狄公命道。

闯公堂叶宾告妹丈

“由于潘家离小人家只隔着两条街，我们兄弟便一同前去，”叶宾接着叙道，“不但使劲擂门，还大声叫唤，仍是不见有人出来。小民对那宅院一向了如指掌，于是快步绕到后院，翻墙进去，又走到屋后，看到卧房的两扇窗户大开，窗上的栅栏仍在。我站在叶泰的肩上朝里张望，只见……”

叶宾一时情急语塞，虽是冬日严寒，额上却汗出如浆，稍稍镇定后又道：“只见我那妹子横躺在靠墙的火炕[1]上，浑身是血，一丝未挂。我不由惊叫一声，两手松开铁栅摔倒在地。叶泰扶我爬起后，我二人急忙奔去里长公署……”

狄公一拍惊堂木，怒道：“堂下证人先冷静片刻，然后再从容道来，勿要缠夹不清！既然你从窗外看见令妹浑身是血，又如何断定她确已身亡？”

叶宾浑身颤抖，泣不能言，蓦地抬头哽咽道：“回老爷话，她的头不见了！”

大堂内观者虽众，此时却一片寂静。

狄公朝椅背上一靠，缓捋颊须说道：“你方才叙到跑去寻那里长，再往下说。”

---

[1] 在中国北方，人们用砖砌成宽大的炕炉，炕内烧文火取暖，白天当作坐榻，晚间用作卧床。——原注

“我们兄弟在街角处得遇高里长，”叶宾音调稍缓，“告知他适才所见，还说担心潘丰也遭了毒手，请他准许我们破门而入。谁知高里长却道是昨日午时遇见过潘丰，口称要离家出城几日，手提一只大皮囊，急急忙忙沿街跑去。我二人一听，简直气炸了肺腑，那厮定是害了妹子性命，然后匆忙逃走！小民恳请老爷逮住这个杀人恶魔，为我们可怜的妹子报仇雪恨！”

“那高里长现在何处?”狄公问道。

“回老爷，小民请他一道前来官府报案，”叶宾泣道，“但他却执意不肯，道是必须看守潘宅，以免有人进去做了手脚。”

狄公闻言点头，对洪亮低声说道：“总算还有个行事稳妥的里长！”又对叶宾说道：“主簿会将记下的诉状再念一遍，如果句句属实，你们兄弟二人便按印画押。”

主簿大声读出笔录，叶氏兄弟确认无误后，在文书上按下指印。

狄公又道：“本县这就带领手下去查看案发之地，你们兄弟也要同去。不过在出发之前，你须得先描述一番那潘丰的身形年貌，待书办记下后，好散与各处官府军塞。潘丰不过出逃一夜，如今路上又十分难行，料他不出几日便会落网。你们只管放心，本县定会将杀害令妹的凶手捉拿法办。”说罢一拍惊堂木，宣布退堂。

狄公返回二堂，径直走到大铜盆边在火上暖手，对洪亮陶干说道：“我们稍候片刻，待叶宾叙述过潘丰的形貌再说。”

“死者断头一节真是匪夷所思!”洪亮说道。

“没准房内半明半暗，叶宾一时看走了眼，”陶干说道，“或是被褥一角遮住了死者头颅也未可知。”

“我们即刻便去，看看到底是何情形!”狄公说道。

一名衙吏进来，呈上关于潘丰的形貌写照。狄公提笔迅速书成一张告示，又写下一封给附近兵营统领的便笺，对那衙吏命道：“务必火速送去!”

官轿已在庭院内备好，狄公让洪亮陶干也一同坐入。八名轿夫分作前后两队，抬起轿杠置于肩上，步伐齐整地出门而去。两名衙役骑马在前，班头与其他四人跟在后面。

途经城内横贯南北的大街时，开道的衙役敲着小铜锣，一路高声喝道：“让开！让开！县令老爷来了!”

街中人流熙攘，两旁皆是店铺。百姓们一见官驾出巡，纷纷恭敬地闪避两旁。

一行人路过关帝庙，左拐右转后，走上一条宽阔平直的大道，左边一排仓房，窗户狭小并装有栅栏，右边则是长长的高墙，每隔十来步便开有一道窄门，早有几人在第三道门前逡巡等候。

官轿稳稳落地，只见一个中年男子走上前来，面相看去温厚机敏，自称是主管城东南的高里长，又恭敬地搀扶狄公出了轿门。

狄公左右打量几眼，说道："此处看去甚是冷清！"

"回老爷，"高里长禀道，"几年前我大唐北军驻扎此地时，对面的仓房用来储存军械，这边的八座院落，则是军中将领们的起居之所。如今仓房一直空空，但这边的院子却住进了几户人家，其中便有潘丰夫妇。"

"一个古董商怎会挑选如此冰清鬼冷的地方开店？"陶干叫道，"这里怕是连豆糕都卖不出去哩，更不必说值钱的古董了！"

"言之有理！"狄公说道，"高里长，你可知道其中缘故？"

"回老爷，潘丰做生意时，常是携了古董，去主顾家中上门兜售。"高里长答道。

一阵冷风沿街呼啸而过。

"进去再议，前面带路。"狄公不耐烦地命道。

众人鱼贯而入，只见偌大的庭院空空荡荡，周围皆是平房。

“这一整片地方分为三座院落，”高里长解说道，“潘家住在正中间，其他两院尚且无人居住。”

众人穿过正前方的门扇，进入一座轩敞的厅堂内，其间只摆了几件廉价的木制桌椅作为陈设。后面又是一个小院，地中央有一口水井，旁边一条石凳。

高里长指着对面的三扇门，说道：“正中间是卧房，左边是潘丰的店铺，背后还有一间灶房，右边的屋子则用来储存货物。”

狄公见卧房的大门半开半掩，连忙问道：“有谁进过屋内不曾？”

“回老爷，没人进去过。”高里长答道，“自打从前面破门而入后，小人便命手下不许进入后院，以确保此处的一草一木都不曾被人动过。”

狄公点头称许，迈步走进卧房。只见一张硕大的火炕几乎占去了左边半个屋子，炕上铺着一床厚棉被，一具女尸正面横陈其上，全身赤裸，双手被捆缚在身前，两腿僵硬地伸开，脖颈处只剩下一段参差不齐的残桩，身上与被褥上到处都是干凝的血迹。

狄公看见这骇人的景象，迅速转头顾视左右，却见一张梳妆台靠着后墙摆放在两扇窗户之间，一幅手巾悬于镜前，阵阵冷风从敞开的窗外刮入，吹得手巾飘摇不定。

“进来把门关上!”狄公对洪亮陶干命道，又对高里长说道:“你在门外把守，我等查案时，切勿让人搅扰！一旦叶家兄弟赶到，让他们在厅堂中等候。”

高里长掩门而去，狄公望向卧房的另一边。只见火炕对面，靠墙堆放着家常红皮衣箱，春夏秋冬各一只，墙角处还有一张小小的朱漆几案与两条板凳，除此之外，别无其他家什。

狄公将视线不觉又转向尸体那边，半晌后说道:“死者身上脱下的衣裙似乎未见。陶干，你去那几只衣箱内翻看一下!”

陶干打开摆在顶层的一只，回道:“不在此处，老爷!里面只是些叠放齐整的衣物。”

“将那四只通通看过!”狄公断然命道，“洪都头会助你一臂之力。”

两名亲随翻检衣箱时，狄公兀自立于卧房正中，缓捋长髯朝四下打量。关门之后，室内无风，梳妆台上的手巾悄然垂下，遮住了镜面，狄公留意到上面溅有几点血迹，不由想起民间流传着一种说法，认为从镜中看见尸体很是晦气，显见得此案的凶手亦有此念。这时只听陶干惊叫一声，狄公连忙转身看去。

“我在第二只箱子底部的夹层中找到了这些首饰。”陶干说着，将手中之物举到狄公面前，却是一对镶有红宝石的金手镯，还有六支纯金发簪。

“想来一个古董商总会低价弄到些细软之物。”狄公说道，“将它们放回原处，再封起这间屋子。比起那些珠宝首饰来，我更有兴趣的是死者身上失踪不见的衣裙。如今再去仓房中瞧瞧。”

狄公见仓房中堆满了大大小小的各式箱盒，对陶干命道：“你去检查一下所有箱子，切记除了衣裙之外，砍下的人头也不见了。我与洪都头去那边店内看看。”

所谓的古董铺只是一间小屋，墙上钉有成排的搁板，摆着各色碗碟、花瓶、玉器、塑像与其他小巧古物。屋子正中的八仙桌上则是一堆瓶瓶罐罐，还有古旧书册与长短粗细不一的各类画笔。

狄公示意一下，洪亮上前撩起桌布。

狄公打开桌内的抽斗，翻看里面的物事，抬手一指旧票据中的一堆碎银，说道：“洪亮你瞧！潘丰走得竟如此匆忙，既没拿走珠宝，也没带上银子！”

二人又看过灶房，未见有任何可疑之处。

这时陶干回来复命，掸掸衣袍上的尘土，说道：“那些箱盒中装有大花瓶、青铜器和其他古董，皆是蒙尘已久，至少有七八天没人动过。”

狄公缓捋颊须，面带疑色望着两名亲随，半晌后方才说道："这案子好生离奇。"说罢转身出门而去，洪亮陶干跟在后面。

高里长正在厅堂中等候，班头与叶家兄弟也在一旁。

四人躬身行礼，狄公点头致意，对班头命道："你派两名手下用钩镜在水井中好好打捞一番，再弄一副担架并毛毡来，将尸体抬去衙院，然后封起三间屋子，再派两个人在此处把守，等我吩咐。"

狄公示意叶家兄弟在桌前坐下，洪亮陶干则坐在靠墙的长榻上。

"令妹确实遭人残杀，"狄公对叶宾肃然说道，"并且她的头颅下落不明。"

"必是被潘丰那恶魔随身携去了！"叶宾失声叫道，"高里长曾亲眼看见他拎着一只圆鼓鼓的大皮囊！"

"你且仔细说说当日遇见潘丰的情形。"狄公对高里长命道。

"小人那天碰见潘丰时，他正急匆匆沿街朝西而去。"高里长叙道，"我问他：'老潘，何事这等匆忙？'他却依旧脚不沾地直往前走，也不说停下来寒暄一二，口中含混咕哝了一句，似是说要离家出城几日，然后便擦身而过，走得不见了人影。他身上虽未穿皮袍，面色却是通红，右手提着一只大皮囊，里面鼓鼓的装着不知什么东西。”

狄公思忖半晌，对叶宾发问道：“令妹可曾说过潘丰待她不好?”

叶宾犹豫片刻，方才答道：“实话对老爷说，小民一向觉得他们夫妻甚为和睦。那潘丰是个鳏夫，比我妹子年岁大了不少，家中还有一个已经成年的儿子，如今在京师里做事。他在两年前续娶了我妹子为妻。我看他虽有几分木讷，且又时常抱怨头疼脑热的，性情倒是温良忠厚，谁知这厮竟十分狡狯，装模作样瞒了我们这许久!”

“他可从来瞒不过我去!”叶泰忽然冲口叫道，“潘丰实是个刻薄下作的小人，妹子时常抱怨说受他打骂哩!”说罢气恼地鼓起两腮。

“为何你从没对我说过?”叶宾惊叫道。

“小弟只是不想惹大哥忧心，”叶泰阴沉答道，“但是如今我非得原原本本道出实情来！定要捉住那个狗头不可!”

“你今早去看令妹，又是为何缘故?”狄公插话问道。

叶泰迟疑一下，随后答道：“小民只不过想去看看她近来可好。”

狄公起身说道：“本县将在衙院中听你们详述始末，那里自会有人记录存案。此刻我便回衙，你二人也须前去，好在验尸时从旁作证。”

高里长与叶氏兄弟恭送狄公上轿。

众人再度经过大街时，一名衙役跑到轿窗前，手持长鞭指指对面，开口说道：“启禀老爷，郭掌柜的药店就在那边，他既担任仵作之职，小的这就去传话，命他前往衙院，不知老爷意下如何？”

狄公见眼前果然有一家店铺，门面虽小，却十分整洁，招牌上写着三个工整的大字“桂枝堂”。

“本县还是亲自去走一趟。”狄公说罢出了官轿，又对洪亮陶干命道：“我素喜光顾药房，你们就在门外等候，想来店内地方狭小，站不下这许多人。”

狄公推门进去，一股宜人的药香扑面而来。只见一个驼背男子立于柜台后方，手持一柄大刀，正在仔细切割一株风干草药。

那人快步绕过柜台，上前躬身施礼：“小民姓郭，乃是敝店店主。”说话时语声深沉悦耳，颇是出人意表。

郭掌柜身高只有四尺左右，肩宽背阔，披散着一头乱发，双目格外硕大。

“本县虽然从未召你去尽仵作之责，但也久闻郭掌柜医术高明，今日正好前来拜会。”狄公说道，“想必你已听说，城东南有一女子遇害身亡，还请前去县衙验尸。”

“老爷在上，小民立时就去。”郭掌柜口中应道，又左右顾视架上堆放的药罐与捆扎成束的干枝，歉然说道，“小店鄙陋凌乱，还望老爷多多包涵!”

“哪里哪里，我看倒是井井有序。”狄公殷勤赞过，见有一排黑漆药柜，每只小抽屉上用白字镌刻有药名，字迹十分工整，于是上前仔细看觑：“这里的止痛药颇为齐全，居然还有月草，实属难得之物。”

郭掌柜连忙拉开那只抽屉，取出一束细细的干草根来仔细分拆，狄公留意到他的手指十分颀长敏捷。只听郭掌柜又道：“这种药草只生在城北门外的山崖峭壁上，当地人称为‘药坡’，须在冬季时从雪下挖出。”

狄公点头说道：“冬季应是药性最强的时候，因为所有的菁华汁液都凝集在根部。”

“老爷对于药道竟然如此精通!”郭掌柜惊叹道。

狄公耸耸肩头：“本县一向喜读有关医药的古书。”正说话间，忽觉脚边似有一物掠过，低头看去，却是一只小白猫一瘸一拐地蹩过，又拱起后背在郭掌柜的腿上轻轻摩挲。郭掌柜小心地将它抱起，说道：“小民在街上拣到这只折了腿的小猫，为它上了一副夹板，可惜接合得不甚妥当。拳师蓝道魁擅长正骨之术，当初本该找他帮忙才是。”

“我也曾听手下亲随提起过此人，”狄公说道，“并极口称赞他的拳术与角抵精湛无匹，实为平生仅见。”

“论起人品来，也是出类拔萃，”郭掌柜说道，“如他那般的人物实在少有!”说罢叹了一口气，将小猫放回地下。

这时店铺后方的蓝布门帘一动，一个颀长苗条的女子手托茶盘走出，上前躬身一拜，献上清茶，仪态十分娴雅。狄公定睛看去，只见她容貌端丽，眉目清明，不施粉黛却肤白如玉，一头乌发分作三绺盘起，样式简素，脚后跟着四只大猫。

“本县在衙院中想是见过夫人，”狄公说道，“并且听说夫人将女牢管理得井井有条。”

郭夫人躬身再拜，谢道：“老爷过奖了。牢中本就事少，除了不时会有一二营妓从北边流散至此，平日里常是空空如也。”应答时不但庄重矜持，且又言语有致，令狄公更觉惊喜。

狄公品了一口茉莉花茶，只觉香气馥郁，又见郭夫人正将一件毛皮斗篷仔细披在郭掌柜肩上，并替他系好项巾，眉梢眼角流露出款款深情。

适才目睹过血腥可怖的杀人现场后，如今身在这爿弥漫着清甜药香的小药店中欣享如此和悦气息，狄公只觉心情大为好转，竟至不忍离去，到底还是无奈地长叹一声，放下茶盅说道：“本县就此告辞了！”说罢迈步走出郭家药房，上轿返回衙院。

第三回

仵作检验无头女尸　狄公议论离奇命案

狄公步入二堂，见档房管事正在里面等候，洪亮陶干在屋角处忙着摆弄茶炉。狄公行至书案后坐下，档房管事恭敬地呈上一叠文书。

“去叫衙吏主管来!”狄公说罢，开始翻看文书。

一时那吏员进来，狄公抬头吩咐道:“班头即刻便会带人将潘叶氏的尸身运回衙院。我不想有闲杂外人从旁围观，因此验尸不可在大庭广众之下进行。你叫手下去衙院偏厅内，协助仵作郭掌柜备好一应用具，再去告诉守卫多加小心，除了死者的两个兄弟与城南里长，即使衙里人员也不得入内。”

洪亮送上一杯热茶，狄公呷了几口，淡淡一笑说道:“这茶比起我适才在郭掌柜店中品过的茉莉花茶来，实在无法相提并论。还有，那郭掌柜与郭夫人看去很不般配——不过倒似是和睦恩爱。”

“郭夫人原是个寡妇,”陶干说道,“先夫似乎姓王，曾是当地一个屠户，四年前在一场烂醉后死去。听说他人品卑劣，且又荒淫无度，因此对那女人而言倒是幸事一桩。”

“确实如此。”档房管事也附和道，“王屠户身后还留下一大笔债务，在廛市背后的妓院中也欠了不少银两。其妻新寡后，变卖了店铺与所有家当，但是仅够偿还别处的欠款，妓院老板趁机逼迫她卖身为奴以抵债，不想这时老郭挺身而出，偿清了所有债务，随后便娶她为妻。”

狄公将县衙大印盖在文书上，抬头赞道：“郭夫人看去知书达理，素养颇佳。”

“回老爷，她从老郭那里学了不少医道，如今已是出名的女大夫了。”档房管事说道，“起初众人冷言冷语，说一个已婚妇人不当整日抛头露面，但如今却是交口称颂。她为妇人女子们看起病来要体贴便宜得多，换个男大夫，自然只能切脉而已。”

“她主管女牢也令本县十分欣慰。”狄公说着将文书递给档房管事，“女牢通常由一些泼悍下劣的老妪掌管，这些人本身尚需时时辖制，免得她们虐待犯人，或是诓骗财物。”

档房管事正欲退出，开门后却又赶紧闪避一旁，让路给两个彪形大汉。只见二人身穿厚实的毛皮猎服，头戴遮耳皮风帽，正是马荣乔泰。

二人大步走入时，狄公深情地望了一眼这两名多年亲随。马荣乔泰原是一对剪径强人，说得好听些便是“绿林兄弟”。十二年前，狄公初次外放蓬莱担任县令，马荣乔泰在途中一僻静处拦路打劫，不意竟被狄公的过人胆识与光辉品格所打动，从此改邪归正，甘愿效命左右。在其后的年月里，无论追捕凶犯，还是办理其他冒险的差使，这一对高大勇猛的好汉向来十分得力。

“到底出了何事?”狄公对马荣问道。

马荣扯开项巾，咧嘴笑道:“不值一提，老爷。原是两帮轿夫在酒肆里起了争执，我与乔泰赶到时，正拉开架势预备要动刀子哩，于是我二人略施拳脚，在几颗脑袋上顺手拍打几下，这伙人便立时老实下来，各自乖乖走散回家。我们还带了四个领头的回来，若是老爷准许，就让他们在牢里坐上一夜。”

“就依你的主意。”狄公说道，“对了，你二人一早出行，可曾打到了那只令农夫们恨之入骨的野狼?”

“打到了，老爷。”马荣回道，“这次打猎真是够劲!与我们一向交好的朱大元首先瞧见了它，好大一只野物，只可惜朱大元张弓搭箭时手脚不够利落，结果倒让乔泰射穿了野狼的喉咙！那一箭射得实在漂亮!”

“皆因朱大元慢了一步，我方才有此机会。”乔泰说着微微一笑，“他明明箭法高超，今番不知为何竟会失手。”

“他每天都演习骑射，老爷真该亲眼看看那幅景象！”马荣又道，“他在家中堆起与真人一般大小的雪人作为靶子，一边骑马飞奔，一边拉弓放箭，几乎箭箭都能射中雪人头！”不禁赞叹一声，转而问道，“老爷，人人都在议论的杀人案，到底是何情形？”

狄公面色一沉，“此案十分凶残。你们即刻便去偏厅内走一趟，看看可否开始验尸。”

一时马荣乔泰回来报曰事事俱已准备妥当，狄公起身走向偏厅，洪亮陶干跟在后面。

班头与两名衙吏正立在一张高桌旁待命，狄公在桌后坐下，四名亲随一字排开沿墙站好。叶宾叶泰兄弟与高里长在墙角处朝这边恭敬一揖，狄公点头作为还礼，然后对郭掌柜举手示意。

尸体摆在桌前的地下，郭掌柜走上前去，将覆在芦席上的棉被掀开。一日之内，狄公再次目睹这具无头女尸，不禁叹息一声，提笔填写公文格目，同时高声问道：“死者潘叶氏，年纪多少？”

“三十二岁。”叶宾面如死灰，嘶声答道。

“验尸开始。”狄公宣道。

郭掌柜将一块手巾浸入盛有热水的铜盆中，润湿了死者的双手，小心解开紧缚在腕上的绳索，试图挪动一下手臂，却发现已十分僵硬，先取下右手上的银指环，放在一张纸上，仔细擦洗过尸身后，一寸一寸查验了半日，然后又将尸体翻过身去，揩洗背上的血迹。

洪亮站在一旁，已将关于凶案的所见所闻低声讲给马荣乔泰听过。这时马荣倒吸一口凉气，对乔泰低声怒道："瞧见背上那些鞭痕了没？等我亲手捉住这个作恶的畜牲，非得给他一顿好看不可！"

郭掌柜检查断颈费时颇久，终于起身说道："死者乃是一已婚妇人，肌肤平滑，未有胎记或是伤痕，身上亦无创口。只是手腕处被绳索勒伤，前胸与上臂有几处淤青，背部与后腰有伤痕，显然是鞭打所致。"待衙吏记下后，接着又道："颈部断裂处有刀痕，凶器或是一柄厨房用的大砍刀。"

狄公恼怒地揪一揪长髯，命衙吏将验尸结果大声念了一遍，让郭掌柜按过指印，又命他将指环交与叶宾。叶宾狐疑地看了一眼，开口说道："指环上面镶的红宝石怎么不见了！我前天见到妹子的时候还在哩！"

"令妹可曾戴过其他戒指？"狄公问道。

叶宾摇摇头。狄公又道："叶宾，你可将尸身运回，并收厝在一副临时棺木里。死者的人头尚未找到，既不在家中，也不在井里。本县定会全力缉拿凶手，并设法找回人头，届时合于一处，再入殓安葬。”

叶家兄弟默然行礼，狄公起身走出偏厅，四名亲随跟在身后。

狄公返回轩敞清冷的二堂内，虽然裹着厚皮衣，还是忍不住打个冷战，转头对马荣命道：“给铜盆里再添些炭火来！”

马荣领命而去，众人各自落座，狄公捋着颊须默然不语。待马荣也转回坐下后，陶干说道：“此案确有颇多棘手之处！”

“我只看出一个，就是必得捉住潘丰这恶魔！”马荣怒道，“居然会下如此狠手对待自己的老婆，况且还是身段那般姣好的女子哩！”

狄公沉思半晌，似是听而不闻，忽然出声叫道：“断无此种可能！”又霍然立起，在地上团团疾走，“我们发现的这具女尸，浑身一丝不挂，甚至连鞋子也没有，她遭到捆绑凌虐，又被砍下头颅，却丝毫未见反抗的痕迹！被认为是凶手的丈夫仔细装起人头与所有衣服鞋袜，将屋内拾掇一番，随后逃之夭夭，但是却留下了值钱的珠宝首饰与抽斗中的碎银！你们对此有何评议？”

洪亮说道："想来可能会有第三人介入，老爷。"

狄公闻言止步，复又在书案后坐下，注视着几名亲信。乔泰点头说道："即使是当刽子手的壮汉，手持鬼头大刀，有时尚且难以将犯人的脑袋利落砍下，听说那潘丰年老体弱，他又如何能砍得下老婆的头来？"

"没准潘丰回家时正撞见凶手，吓得魂飞魄散，"陶干说道，"于是顾不得财物，便飞奔逃命去了。"

"你这说法倒是很可思量，"狄公说道，"无论如何，我们非得尽快寻到潘丰不可！"

"还得寻到活口才行！"陶干意味深长地说道，"若是被我不幸言中，那么凶手一定也在四处找他！"

忽然门扇开启，只见一个枯瘦老者蹒跚走入。狄公一看，不禁惊问道："管家，你跑来衙中做甚？"

"启禀老爷，"老管家答道，"有人从太原一路骑马赶来送信，大夫人请老爷有空回宅一趟。"

狄公闻言起身，对四名亲信说道："天黑之前，你们几个再来此处见我，然后一同前往朱大元府上赴晚宴。"点头示意后，与管家出门而去。

第四回

受邀约狄公赴夜宴　遇巡兵潘丰入大牢

夜幕初降时，六名衙役手提油纸风灯，立在中庭内等候，个个冷得呵手跺脚。班头看在眼里，咧嘴笑道："你们几个不必怕冷！那朱员外一向慷慨大方，定会关照我们在他家灶房中美美地吃上一顿!"

"而且通常还会有酒下肚哩!"一个年青衙役快意说道。

这时狄公出来，四名亲信紧随其后，衙役们立即正身端立。班头对轿夫喝令一声，狄公携洪亮陶干坐入轿中。马夫正为马荣乔泰牵出坐骑时，乔泰说道："启禀老爷，我二人还得顺路去请蓝道魁蓝师父。"

狄公点头应允，于是官轿起动上路。

狄公背靠软垫，开口说道："信使从太原送来的消息果然不妙，道是岳母大人生了重病。夫人决意明日一早立即动身，二夫人三夫人陪她同往，几个小儿女也一并前去。值此严冬时节，上路远行殊为不易，但也无法可想。

老人家已是年逾古稀，故此夫人十分忧心。”

洪亮陶干从旁劝慰几句，狄公谢过后又道：“今晚我非得去朱府赴宴，实在大不凑巧。守卫已在衙院中备好了三乘油篷车，我本想留在家中，亲自看着行李箱笼等物装运妥当，奈何朱大元是当地名流，总不好临时爽约，折了他的颜面。”

洪亮点头说道：“马荣对我道是朱大元已在家中厅堂内摆下筵席。此人性情豪爽，不时邀马荣乔泰一道出行打猎，令他二人十分得趣，至于畅快聚饮，更是不在话下！”

“我倒是纳闷他何以整日如此兴头，”陶干议论道，“要知道家中还有八房夫人须得安抚调停哩！”

“你明明知道他尚无子女，”狄公责怪地说道，“没有子嗣传宗接代定是他的一大心病。此人既然喜好在户外骑马打猎，据我想来，家中妻妾众多，未必只是为了享乐。”

“朱大元纵然富甲一方，奈何有些东西却是千金难买！”洪亮幽幽叹了一句，半晌又道，“几位夫人并少爷小姐们一旦离家，老爷岂不是要备感孤单了！”

“如今衙里正悬着一桩人命案，我本也不会有多少工夫与家人共度。”狄公答道，“待他们走后，我就在二堂内吃住，记着关照衙吏主管一声！”

狄公转头望向窗外，只见寒星闪烁的夜幕中，森然显出鼓楼的黝黑轮廓，不觉说道："这就快到了！"

官轿在一座富丽堂皇的门楼前停下，两扇朱漆大门齐开，一个高大魁梧的男子上前搀扶狄公出轿，身着一袭贵重的黑貂皮衣，脸膛宽阔，面色红润，留着一副齐整的胡须，正是朱大元。

朱大元恭迎过后，又有二人上前施礼。其中一个上了年岁，脸面瘦长，花白的山羊胡在冷风中簌簌抖动，正是皮匠行会首领廖掌柜。狄公一想到他在席上必会追问女儿失踪一事可有消息，心中便大不自在，又见旁边的青年后生面色苍白、神情焦虑，正是廖莲芳的未婚夫于康，一向在朱家担任书记，此人无疑也要询问未婚妻的下落。

朱大元引着众人进门后，并未径入大厅，而是一路去往宅院南边的露天平台。狄公见此情形，愈发忐忑不安起来。

"小民原本预备在厅堂中招待老爷，"朱大元高声笑道，"但是转念一想，我等不过是北地乡民，万难与老爷府上的精馔美食相比，倒不如来一场真格的露天野味大餐，故此备下些烧烤肉禽与乡间水酒，虽是山村野食，却也别具风味，还请老爷赏光一尝！"

狄公客套敷衍几句，但私心里觉得朱大元这番别出心裁真是糟糕透顶。此时夜风已止，平台四围纵然立有高大的毛毡围屏，仍是寒气刺骨。狄公打个冷战，只觉得喉头隐隐作痛，想来必是早上在潘宅查案时受了风寒，倘若能在暖洋洋的厅堂内欣享酒肉，该是何等舒适惬意。

平台上点了许多火把，摇曳的火光照在由四张厚木板桌拼成的大宴桌上，一只大铜盆摆在当中，里面满满盛着红热的木炭，三名仆从立于周围，正在烧烤肉串。

朱大元请狄公坐了首席，自己与廖掌柜左右相陪，又介绍说左席上的两位老者乃是本地纸商行会与酒商行会首领。洪亮陶干与于康并列右席，马荣乔泰则在狄公对面，与拳师蓝道魁同坐一处。

狄公饶有兴致地打量着这位威名远播的北方拳师魁首，火把的亮光正照在他剃得光光的头皮脸面上——拳师通常会将所有须发剃去，免得在比武打斗时因此而受累。马荣乔泰对蓝道魁十分敬服，平日议论起来也是称颂不迭，狄公藉此得知他一心研习武艺，至今尚未娶妻，且平素极为清节自律。狄公一边与主人客套寒暄，一边欣喜地暗想马荣乔泰能在北州得遇朱大元蓝道魁这样的莫逆之交，真乃幸事一桩。

朱大元带头向狄公祝酒。狄公虽被烈酒辣得喉咙生疼，仍得依礼回敬。

一盘盘烤肉陆续端上，朱大元乘隙问起杀人案来，狄公便简述一番情形。不料几块肥肉下肚后，狄公忽觉腹内不适，想夹几口菜蔬解腻，却发现戴着手套使起筷子来，不似其他人那般灵活，于是不耐烦地将手套从掌上扯脱，但又顿觉手指冰凉，用餐愈发不便起来。

“廖掌柜听说出了人命案子，心中惴惴不安，”朱大元哑声低语道，“生怕他的女儿莲芳小姐也会遭此不测，不知老爷可否令他稍稍振作一二?”

于是狄公转头与廖掌柜略谈几句，道是官府正在想方设法寻找廖小姐的下落，不想却勾起了廖掌柜的话头，滔滔不绝地讲了一大篇其女如何贤良淑德。狄公虽对这老者颇为同情，但这一席话早已在衙院中洗耳恭听过不止一遭了。此时狄公只觉头痛欲裂，脸面被炭火烤得灼热，后背与两腿却是冰冷，又想起几位夫人与儿女们在如此严寒中一路颠簸，难免辛苦不适，不禁心中郁郁。

朱大元复又凑过来说道：“小民着实希望老爷能寻到那廖小姐，活见人死见尸总归有个着落！敝宅书记于康为了此事也是心焦欲死，小民当然十分理解，那正是他未过门的妻室，且又品貌出众、人物足色。只是宅中事务繁多，那后生近来失魂落魄、百事无心。区区此意，还望老爷体谅则个!”

就在朱大元伏耳低语时，狄公只闻得一股蒜臭酒气扑鼻而来，忽觉肚内翻搅，阵阵作呕，于是含混敷衍了一句官府正在全力查访，起身道是想要离席片刻。

朱大元递个眼色，一名仆从手提风灯，引着狄公转入室内，七拐八弯穿过几道迷宫也似的黑暗廊道，行至小小一座庭院之中，后面建有一排茅厕。狄公快步上前，随手拉开一扇门走入。

待到狄公出来，却见已换了一人在原地立等，手中端着盛有热水的铜盆。狄公用热手巾揩了一把脸面颈项，方觉清爽了许多。

“你无须在此等候!”狄公对那家仆说道，“本县自可顺原路回去。”

狄公在庭院中踱了几步，只见月色如水，周遭十分静寂，心想这里一定是大宅的后院了。

盘桓一阵之后，狄公决意归席，奈何院中走道回廊皆是漆黑一团，不一时便张皇失措起来，用力拍手意欲召来家仆，却又无人应答，显见得府内一应仆从此时皆在外面平台上侍奉宴席。

只见前方隐约透出一线微光。狄公小心走到近前，却发现是一扇房门半掩，外面直通向一个空旷的小园，四周立着高高的木栅，只在最远的角门处植有几株灌木，枝条被厚厚的白雪压得朝地面弯折下去。

狄公环视园内，忽觉一阵莫名心悸。

“我定是病得不轻!”狄公自言自语道，“在如此宁静的后园中又何惧之有?”于是强自镇定着顺阶而下，穿过小园，直朝角门走去。此时万籁俱寂，惟有靴底踩在积雪上发出咯吱咯吱的声响，然而黑暗中仿佛隐藏着某种威胁，这神秘的感觉迫得他当真心惊肉跳起来，不禁驻足四顾，一眼瞥见树下有个古怪的白色物事正伏在地上，一时竟吓得动弹不得。

狄公僵立骇绝，直直盯了半晌，方才看清原来是个雪人，与真人一般大小，背靠篱笆盘腿席地而坐，活像佛徒念经打坐的模样。

狄公松了口气，正想大发一笑，面上的笑容却又凝住。雪人本应有两块木炭充作眼睛，不知为何竟失踪不见，徒留两只空洞的眼窝，仿佛正对着自己狞笑，周身散发出一股浓重的阴腐之气。

狄公忽觉浑身毛骨悚然，转头折回房内，沿阶而上时足底一绊，磕得小腿生疼，但仍是拔脚疾走、不敢稍停，在黑暗的廊道中一路摸索前行。

转过两转之后，狄公总算遇到一个持灯的男仆，这才被一路引着重返席中。

此时众人已吃得酒酣耳热，高声齐唱着一首猎歌，朱大元正执箸击节，一见狄公连忙站起，关切地说道：“老爷看去似乎面色不佳!”

“我准是受了严重的风寒，”狄公勉强笑道，“想不到竟在贵府后院中被个雪人着实吓了一跳!”

朱大元大笑出声：“小民须得吩咐下去，命家中仆从的小儿们只堆些样貌可喜的雪人来。来来，老爷再干一杯，定会对贵体大有益处!”

这时管家忽然引着一人前来。只见他头戴尖顶铁盔，身披锁子甲，腿上套一条宽松皮裤，显见得是个军中巡兵什长，大步行至狄公面前，端然正立，朗声说道：“启禀老爷，小校的手下在五羊村南边二十里处，官道东边六里处逮住了潘丰，并已将人犯移交与贵县县衙狱吏。”

“好个手段!”狄公大声赞罢，又对朱大元说道：“本县此刻不得不告辞回衙，实在抱憾，不过只带走洪都头一人即可，免得搅扰了如此欢宴。”

朱大元与众宾客将狄公一路恭送至前院。狄公向主人道别，并为仓促离席再次致歉。

“总是公务要紧!”朱大元热切说道，“听说那恶人已束手就擒，小民亦甚感快慰!”

二人回到衙院后，狄公对洪亮命道：“叫狱吏来!”

一时狱吏走到近前，躬身施礼。

“你从人犯身上搜出什么不曾?”狄公问道。

“回老爷，他只揣着通关文书与几个小钱，未有任何利器。”

“他随身可携着一只大皮囊?”

“没有，老爷。”

狄公点点头，命狱吏带路前去大牢。

狱吏打开一间囚室的铁门，举起灯笼一照，只听“哗啦”一声铁镣作响，一个男子从板凳上霍然立起。狄公一眼看去，见那潘丰甚是温良老迈，一张长圆脸面，头发花白蓬乱，胡须颓然下垂，左颊上一道鲜红的伤痕十分触目。他并未如平常犯人一般上前大叫冤枉，只是恭顺地望着狄公，默无一语。

狄公将两手笼在宽大的袍袖中，厉声说道:“潘丰，有人告你犯下重罪。”

潘丰叹气说道:“老爷在上，小民一想即知，定是妻兄叶泰诬告于我。此人向来游手好闲，总是缠着我要钱，近来我不再借钱给他，想必是他怀恨在心，伺机报复。”

“依照我朝律法，本县不得私下盘问犯人，”狄公徐徐说道，“不过仍想问你一句，你们夫妻近来可否有过争执不和?你若是此刻告知本县，或可省却明日在公堂上当众难堪。”

“如此说来，此事连贱内也有份了！”潘丰叫一声苦，“怪道她近来行止古怪，总在意想不到的时候离家出门，分明是伙同叶泰一并来构陷我，就在前天……”

狄公抬手示意潘丰闭嘴，简短命道：“你还是留待明日再细说根由。”说罢转身离开大牢。

第五回

名拳师巧思擅拼图　古董商上堂道始末

次日一早，早衙即将开堂时，狄公方才步入二堂，四名亲随已齐集等候。

洪亮见狄公看去仍是面色苍白、神情疲惫，心知老爷昨晚回宅后，又督管下人收拾搬运行李箱笼直至深夜，想来皆是这一番操劳所致。狄公在书案后坐定，开口说道：“夫人们已经动身上路，负责沿途护送的兵士在天亮前到达，若是一路不曾下雪的话，大概三日后便可抵达太原。”

狄公抬手揉一揉倦眼，打起精神又道：“昨晚我去牢中看过潘丰，觉得我们的推断似是不差，杀死潘叶氏者另有其人。潘丰看去对家中变故全不知情，除非是他擅长做戏且装得毫无破绽。”

“潘丰前天究竟去了何处？”陶干问道。

“待到开堂时，再听他有何说辞。”狄公呷了两口洪亮送上的热茶，又道，“昨晚我让你们三个留在席上，一则免得众人败兴，二则便是隐约觉得朱府内气氛诡异，或许是我身体不适而生出的无端臆想罢了。想问我走了之后，你们几个可否觉得有什么异样。”

马荣看了乔泰一眼，抓抓头皮，懊悔说道：“回老爷，我昨晚实是多喝了几杯，从未觉出有什么不对头的地方，没准乔泰会有话讲。”

“只能说席上人人都兴致很高，我也一样！”乔泰淡淡一笑。

陶干捻着左颊上的三根长毫沉思半晌，此时开口说道：“我平素不好烈酒，而蓝道魁师父根本滴酒不沾，因此与他攀谈甚久，不过闲话时却也没忘记留意席面，须得说只是一场人人尽欢的晚宴而已。”见狄公未发一语，接着又道：“不过蓝道魁却讲了一桩值得注意之事。提及人命案时，他说叶宾虽然老迈糊涂，人品倒还不坏，但那叶泰却是个卑鄙下流之徒。”

“何出此言？”狄公立时追问道。

“数年以前，蓝道魁曾经教授过叶泰拳术，”陶干答道，“但仅过了一半个月，便不肯继续教他，皆因叶泰对于修身养气等基本功法全无一点兴趣，只想学些阴狠的毒招。蓝道魁还说叶泰虽然身强力壮，但是品性卑劣，注定在拳术上难以精进。”

“这消息甚是有用，”狄公说道，“蓝道魁还说了些什么？”

“再无其他，”陶干答道，“随后他便取出一副七巧板来，拼出各种花样给我开眼。”

“七巧板！那不过是孩童们的玩意儿！”狄公惊讶地说道，“记得我幼年时也曾摆弄过，就是用四方纸板裁成七片，然后可以拼出各种物事来？”

“一点不错，老爷，”马荣笑道，“那是老蓝的一大怪癖。他非说那绝不仅是小儿的游戏，不但能够教人识别万事万物的基本形状，还有助于凝神静气。”

“你每说一样东西，他稍加思索便能拼出。”陶干说着，从袖中取出七片硬纸板置于桌上，先合在一处组成四方形，对狄公说道，“此即七巧板的分割之法。”

陶干将板面打乱，又道：“首先，我说拼一座鼓楼，他就拼成了这样。

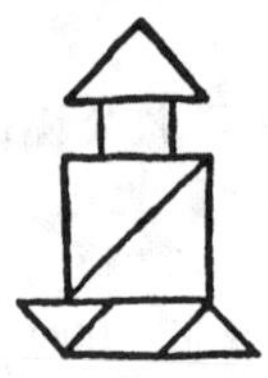

“这个太过容易，我说再来一匹飞奔的骏马，他又是立时完成。

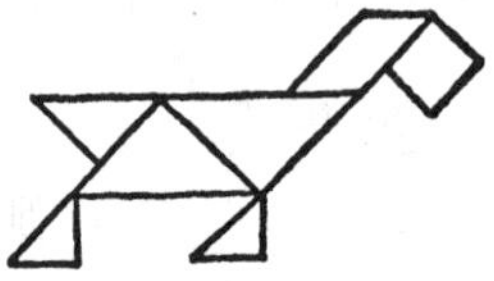

“然后我说一个人跪在公堂之上，他便拼成这样。

“我心中着恼，叫他再拼一个醉酒的衙役与一个翩翩起舞的少女，他竟也拼了出来！

“见此情形，我只好低头认输了！”

众人闻言共发一笑，狄公笑过说道：“既然你们都不觉有异，我必是因为昨晚受了风寒，才会心神不定、疑神疑鬼。朱大元的府邸实在太大，我在漆黑的廊道上差点迷了方向。”

“朱家世世代代都住在那里，”乔泰说道，“老旧的深宅大院里，总有一种古怪气氛。”

“朱大元要安置那一大群妻妾，只怕宅子还不够大哩！”马荣咧嘴笑道。

“朱大元不但为人正派，打猎也是一把好手，”乔泰连忙又道，“且又持家有方，虽说严厉，但却公正，家中佃农都对他忠心耿耿，足见其情。不过人人都为他膝下无子一事抱憾不已。”

“他努力生子时，想必也十分得趣！”马荣挤眉弄眼地说道。

“险些忘记一事，”陶干又道，“就是朱家的书记于康看去十分焦虑，跟他搭话时，整个人几乎惊跳起来，浑似撞见了鬼一般。我觉得他心中所想与我们一样，也认为未婚妻已随他人私奔而去。”

狄公点头说道：“我们得在那后生尚可自持时叫来问话一二。廖掌柜总是极力宣扬女儿的品行如何白璧无瑕，反而令我疑心他是自欺欺人。陶干，今日午后你去一趟廖宅，探听些有关他家的消息来，再去打问叶家兄弟的情形，看看蓝道魁所言是否属实，但是切不可去接近本人，以免打草惊蛇，只向街坊邻里询问一番即可。”

只听三声铜锣敲响，狄公起身换过官服。

堂下人满为患，显见得潘丰被捉的消息已然传遍全城。

狄公上堂清点过衙员后，提起朱笔写下一纸令书，命狱吏提人。

潘丰被带上堂时，人群中响起一片低低的咒骂声。立在前排的不但有叶宾叶泰，还有朱大元与蓝道魁。叶家兄弟意欲挤上前去，却被衙役拦住。

狄公一拍惊堂木，喝道："肃静！"又对跪在青石板地上的男子说道："报上你的姓名、生业。"

"小民姓潘名丰，以售卖古董为业。"潘丰徐徐答道。

"前天你为何出城而去？"狄公问道。

"皆因几日前有一农夫从城北的五羊村而来，"潘丰答道，"对小民道是在田里挖坑掩埋马粪时，不意竟刨出一尊青铜三足鼎来。我深知在八百年前的西汉时候，五羊村曾是一片很大的庄园，于是便对贱内说值得去走一遭，亲眼看个究竟。前天天气晴好，我便打算出行一天，次日即返，故此……”

狄公插话问道：“在你离家之前，你们夫妻二人一上午都做了些甚事？”

“小民上午一直在修补一张朱漆小几，”潘丰答道，“贱内去了一趟廛市，然后准备午饭。”

狄公点头命道：“再往下说！”

“我二人一道吃过午饭后，我担心山村客栈夜间寒凉，便卷起厚皮袍塞入一只皮囊中。”潘丰叙道，“出门在街中遇到杂货店主，对我道是兵营关卡内马匹稀少，若是想要一匹的话，非得快去不可，于是我赶紧朝北门一路奔去，总算运气不错，租到了最末一匹马，之后……”

“除了杂货店主之外，你可曾遇见过其他人？”狄公再次插话问道。

潘丰思忖半晌，然后答道：“有的。小民在路上与高里长擦肩而过，只是匆匆打了个招呼而已。”见狄公示意，才又接着叙道：“小民于天黑前赶到五羊村，在田庄里见到青铜鼎，果然货色上佳。只是那农夫十分难缠，我与他讨价还价了半日，仍是未能谈妥。眼看天色已晚，我便骑马前往村中客栈，胡乱吃过晚饭，便上床歇息了。

“转天清早，小民先去附近几个农庄里挨个儿转了一遍，打问可有什么古董，却是一无所获，又转回客栈吃过午饭，然后再去寻那农夫，又费了一番口舌，终于将青铜鼎弄到了手。于是我迅速套上皮衣，将大鼎装入皮囊中，骑马返程归家。

“走了大约十里路，不想雪地上忽然冒出两个剪径强人来，吓得我赶紧快马加鞭急急逃命，结果一时慌乱，不但走错了路，且又迷了方向，更糟的是装有铜鼎的皮囊原本挂在马鞍上，这时却发现没了踪影，定是匆忙之中不慎遗落在途中。我在积雪的荒坡上来回转了几圈，愈发惊惶起来。

“这时忽然有一队巡兵骑马过来，共有五人。我正喜不自禁时，万万没料到他们二话不说将我从马上拽下，五花大绑后又扔回马鞍上，小民简直惊恐至极！开口问他们为何如此，那官长却不由分说，挥起鞭柄在我脸上猛打一下，并喝令老实闭嘴，然后一路回城，又将我投入大牢，自始至终从无一字解释。小民说的句句是实！”

叶宾冲口叫道：“老爷明鉴，这恶人纯是一通扯谎！”

“对于潘丰的供述，本县自会查证，”狄公说道，“原告叶宾须得保持肃静，除非叫你说话！”又对潘丰说道：“你且说说那两个剪径强人是何模样。”

潘丰犹豫片刻，答道：“回老爷，小民当时吓得要死，因此并未仔细看过那二人的样貌，只记得其中一人戴着一只黑眼罩。”

狄公命书办念了一遍潘丰的供录，班头又让他按过指印。只听狄公肃然说道：“潘丰，你妻被人杀死，如今妻兄叶宾告你犯下杀人害命之罪。”

潘丰立时面色煞白，大声叫道：“小民没有杀人！小民根本不知情！我当日离开家时她还是好端端的！恳求老爷……”

狄公示意一下，班头上前将潘丰带下，潘丰一路兀自大叫冤枉。

狄公对叶宾说道：“本县查验过潘丰的供词后，再唤你到公堂问话。”随后又处理了几桩例行公务，一拍惊堂木，宣布退堂。

众人返回二堂，洪亮急急问道：“老爷对潘丰的说辞有何看法？”

狄公捻着颊须沉吟半晌，说道：“我认为潘丰所述俱是实情。当他离家后，杀死潘叶氏的另有其人。”

“如此说来，家中银钱与贵重首饰纹丝未动倒是讲得通了，”陶干说道，“因为凶手根本不知道藏在何处，但是潘叶氏的衣物为何失踪不见，仍是个难解之谜。”

“潘丰的供词中，有一事十分勉强，即路遇强盗匆忙逃走时丢失皮囊一节。”马荣说道，“人人皆知军营巡兵在那一带整日巡逻，为的是抓捕逃卒与突厥探子，因此没有盗贼敢于出没。”

乔泰也点头说道：“关于那二人的模样，潘丰只说其中一个戴了一只黑眼罩，这不过是集市中的说书人常挂在嘴上的俗套而已。”

“无论如何，我们必得查证一番不可。”狄公说道，“洪都头，你传话下去，命班头与两名衙役跑一趟五羊村，务必找到农夫与客栈老板打听明白。我这就写一封书信交与巡兵关卡统领，询问有关两名强盗之事。”

狄公思忖片刻，又道：“与此同时，我们非得设法寻找廖莲芳的下落不可。今日午后，陶干去廖宅与叶家纸坊时，马荣乔泰跑一趟廛市，再去廖莲芳失踪之处看看有无线索。”

“老爷，我们可否叫上蓝道魁同去？”马荣问道，“他对那一带里里外外都十分熟悉。”

“当然可以。”狄公说道，“此刻我得先用午膳，然后在长榻上小睡一刻，你们几个一回来就来见我。”

第六回
进赌馆闻得新奇事　入饭庄赚来好吃食

洪亮马荣乔泰同去三班房内吃午饭，陶干却径直出了衙院，一路走过旧校场的东头。雪后地面一片莹白，冷风呼啸而过，但他却不以为意，只将羊皮大氅紧裹在枯瘦的身板上，加快脚步朝前走去。

行至关帝庙前，陶干向路人打问叶家纸坊在何处，得知就在邻街。走不多远，果然瞧见一块大字招牌。

纸坊对面有一家小菜铺，陶干施施然踱入其间，掏出一文钱来买了些腌萝卜。

“统统切成细丝，再用一张上好的油纸包起！”陶干对那掌柜说道。

“相公莫非要在此处受用不成?”掌柜惊问道。

“依我之见，当街大吃大嚼未免太不雅观!”陶干傲然答道，眼见对方面有愠色，忙又说道，“贵店拾掇得真是齐整有致，想必生意也是大好。”

掌柜回嗔作喜，得意说道：“托福托福，总算还不坏。

我与老婆每日都有饭菜汤水下肚，且又无债一身轻，每隔十天半月，还能打打牙祭吃些荤腥哩。”

“对面恁大一爿纸坊，想必那店主天天都能欣享大鱼大肉了。”陶干议论道。

“得了吧，”掌柜冷冷说道，“好赌之人快活不了几日！”

“莫非老叶是个赌棍？”陶干问道，“看去却是不像。”

“说的不是叶宾，”掌柜答道，“是那个大块头的泼皮兄弟叶泰，不过从今往后，想必他再无多少银钱好拿去滥赌了。”

“这又是为何？”陶干问道，“那店铺看去生意兴隆得很哩。”

“老兄果然不知底里，你且仔细听好，”掌柜嗤笑道，“其一，叶宾欠人债务，并不给叶泰一文钱。其二，叶泰常向他妹子要钱，也就是潘丰的老婆。其三，叶氏被人害了性命。其四……”

“叶泰从此便断了财路。”陶干接口道出。

“算你说中了。”掌柜一脸得意之色。

“原来如此。”陶干感叹一句，将装有腌萝卜的油纸包纳入袖中，出门而去。

陶干在四周逡巡，意欲找寻赌馆，到底在江湖上曾经闯荡多年，嗅觉果然异常灵敏，不一时便发现就在一家绸缎庄的二楼，有一道木阶直通上去。

只见馆内轩敞阔大，墙面刷得雪白，四人围在一张八仙桌旁掷骰子，另有一名矮胖男子，正独自坐在一张条几旁饮茶，陶干径直过去，在他对面坐下。

管事斜眼一瞥陶干身上寒伧的羊皮大氅，冷冷说道："这位相公且请出去，此处下一注最少也得五十文钱。"

陶干拿过对方的茶盅，伸出中指，沿着杯口缓缓画了两圈。

"小人适才无礼，还望相公恕罪则个！"管事急忙说道，"请先喝一盅茶，有事只管吩咐！"

原来陶干打的乃是江湖上的暗号。这时他开口说道："实不相瞒，在下冒昧前来，只想打听一事。叶泰欠了我一大笔银子，且又声称如今身无分文。我本想给他点颜色瞧瞧，但也深知石头缝里榨不出油水来，故此打算先探听一下虚实，然后再作计较。"

"相公可别被这厮诓骗了去，"管事说道，"昨晚他还来过，出手的全是白花花的纹银哩。"

"好个扯谎的无赖！"陶干叫道，"对我道是他大哥向来一毛不拔，他妹子倒是时常资助几文，可惜又被人害了性命！"

“这些或是实情，”管事说道，“但他肯定另有财路。昨晚这厮多喝了几杯，含混道是从一个傻小子那里榨到不少油水。”

“你可知道这冤大头是谁?”陶干急急问道，“敝人从小在作坊里长大，榨起油水来自是一把好手。”

“好个主意!”管事赞道，“待叶泰今晚再来，小人一定变着法儿打探出实情来，他虽说身强力壮，脑筋却不灵光。若是行情看好，且够二人平分，小人一定告知相公。”

“那我明日再来，”陶干说道，“还有一事，你可愿意与我小赌为戏?”

“随时奉陪!”管事欣然应道。

陶干从袖中取出一副七巧板来置于桌上，说道：“我与你赌五十文钱，能够拼出你说的任何一样东西。”

管事草草瞥了一眼，说道：“一言为定！我向来见了钱便欢喜，就拼一枚铜钱吧。”

陶干摆弄半日，到底未能拼出，不禁恼怒地说道：“真是搞它不懂！前几天见过别人玩耍，看去似乎容易得很哩!”

“说来昨晚我也见过一人，”管事徐徐说道，“掷骰子居然连赢八次，看去似乎也容易得很，但是旁人想要学他的样儿时，却是输了个精光。”眼见陶干怏怏收起七巧板，接着又道："相公可否现在就与小人交割清楚？你我同为此道中人，总该严守有账即付的老规矩。"

陶干凄然点头，一五一十数起铜板来。那管事又恳切劝道："相公听我一句，要是换作小人的话，从此再不玩这勾当，否则定会损失不少银子哩。"

陶干复又点头，起身出门朝钟楼走去。关于叶泰的消息倒很是有趣，不过代价也颇为惨重，陶干念及此处，不禁沮丧万分。

廖府坐落在孔庙附近，陶干不费吹灰之力便寻到了地方，只见房舍精美，门楼上雕饰富丽。这时陶干只觉饥肠辘辘，左右张望，欲觅一家便宜的小饭铺，奈何周遭皆是宅院，惟见一家大饭庄正在廖府对面。

陶干长叹一声，迈步走入，心想此番出行打探真是花费多多，一径登上二楼，坐在一张临窗的桌旁，从此处正可瞧见对面廖府的动静。

伙计上来殷勤招呼，见陶干只点了一小壶酒，立时便拉下脸来。待酒水上桌，陶干直盯着小壶看觑，面色不悦地责怪道："贵店岂可一味劝人醉饮？"

"这位客官，"伙计嫌恶地说道，"你若是想要顶针呢，就该去裁缝铺里寻才是。"又将一碟腌菜"当啷"一声撂在桌上，"小菜另收五文！"

“敝人随身自带便有。”陶干面不改色地说罢，从袖中取出油纸包，一边细细嚼着腌萝卜丝，一边留神盯着对面的宅院。

半晌过后，只见一个身穿厚皮袍的矮胖男子走出廖府，身后跟着一个苦力，肩上扛着一大袋米，行走时步履蹒跚。胖子转头瞧瞧饭庄，踹了那苦力一脚，喝道：“将这袋米送回我的店中，还不快去！”

陶干心生一计，想到既可探得消息，又能白蹭一顿饭食，脸上慢慢漾出笑容。

那米铺掌柜气喘吁吁上了二楼，陶干将桌旁的一张椅子让给他。胖掌柜一屁股坐下，开口点了一大壶热酒，又喘息说道：“如今做生意实在艰难。但凡白米有一点点受潮，主顾们便要退货，弄得我如今肝气郁结。”说着解开皮袍前襟，将手轻轻扶在身侧。

“对我而言倒是不甚艰难，”陶干怡然说道，“今后好一阵子都可吃到一百文钱的稻米了。”

胖掌柜立时直坐起来，难以置信地说道：“一百文！这位仁兄，市价可是一百六十文哩！”

“对我就不一样。”陶干得意说道。

“为何对你就不一样？”胖掌柜急切问道。

“啊哈！天机不可泄露，”陶干说道，“在下只跟正经的米商才会议论此事。”

“还请与我同喝几杯，再将其中缘故细细讲来，”胖掌柜连声说道，并执壶斟酒入杯，“我一向爱听逸闻趣事。”

“在下时间紧迫，只好长话短说。”陶干答道，“今日一早，我遇见三个后生推着一车白米进城来，道是老爹昨晚心病猝发而死，急需筹钱买副棺材，将尸体收厝后转回家去，我便答应以一百文的价格将所有稻米通通买下。如今我非得告辞不可了。小二，算账！”

陶干起身作势欲去，胖掌柜连忙拽住他的衣袖，“老兄何必如此匆忙！来来，先与我一道吃碟烤肉。小二，再拿一壶酒来，这位相公是我请的客。”

“那我就恭敬不如从命了，”陶干说着复又坐下，对伙计吩咐道，“我脾胃虚弱，就上些烤鸡来，要最大盘的。”

伙计走远后，暗自咕哝道：“这厮刚才要小份，如今又要大份，跑堂这活计真够人受的。”

“实不相瞒，敝人便是米商，并且深知行情。”胖掌柜悄声说道，“老兄若是将偌大一车白米留下自用，定会霉烂变质，但你并非行会中人，因此又不可拿去集市中售卖。不如我来助你一臂之力，以一百一十文的价钱通通买下。”

陶干犹豫半晌，缓缓饮完一杯酒，说道：“你我不妨过后再议，先来喝上几杯。”

陶干将两只酒杯都斟得满满，又将盛有鸡肉的碟子曳至自家面前，迅速拣出最肥美的几块来，发问道：“行首老廖可是住在对面？听说他家女儿失踪不见了。”

“一点不错。”胖掌柜答道，“不过老廖能够从此甩脱那小娼妇，也算幸事一桩，她可不是什么正经女子。还是说回稻米……”

“不如先来听听香艳韵事。”陶干插话说道，又夹起一块鸡肉。

“我可不想对有钱的主顾说长道短，”胖掌柜颇不情愿，“就连自家老婆也未曾透露过哩。”

“若是你信我不过的话……”陶干凛然说道。

“敝人并无冒犯之意。”胖掌柜连忙说道，“事情原是这样：一日我去城南廛市，忽见廖小姐独个儿从一所僻静的宅院里出来，身边未有保姆或其他人陪同，左右打量一下便快步走开。那宅院就在春风酒肆附近。我觉得古怪，便走上前去，想看看到底是谁住在里面，不料这时大门一开，又出来一个瘦瘦的青年后生，也是左右打量一下，然后匆忙溜走。后来我去街中一家店铺内打听，你猜究竟如何？”

“却是一家秘密行院。”陶干应了一句，夹起最后几片腌菜。

“你怎会知道?”胖掌柜怃然说道。

“只是侥幸猜中而已。”陶干说着，举杯一饮而尽，“明日此时，你再来这里，我自会带上稻米的清单，你我届时再议。多谢老兄一番款待!”

陶干起身离座，快步下楼而去。胖掌柜两眼直瞪着吃空的碗碟杯盏，兀自惊愕出神。

第七回

两兄弟共访拳师家　独眼兵讲述仙人跳

马荣乔泰在三班房中用过午饭，又喝过一杯浓茶，起身与洪亮道别。马夫正牵着两匹坐骑在庭院中立等。

马荣抬眼望一望天，说道："看似不会下雪，不如我们一路走去。"

乔泰点头应允，于是二人大步流星出了衙院，一路经过城隍庙前的高墙，朝右拐入一片宁静的里巷内，蓝道魁就住在其中。

一个身材健壮的青年后生出来开门，显然是蓝道魁的徒弟，说是师傅此时正在演武厅内。

所谓的演武厅，实是一间空旷阔大的屋子，除了门边一张木头条凳外，别无其他家什，雪白的墙面上挂有刀剑、长矛、棍棒等许多兵器。

蓝道魁站在地中央的一块厚草席上，正在舞动一只径长九寸左右的大黑球，虽则天气严寒，浑身上下却只系着一条紧身缠腰布。

马荣乔泰在长凳上坐下，凝神注视着蓝道魁的一举一动。只见他将大球抛到空中，先用左肩接住，再次抛起后又用右肩接住，或是伸展双臂从这手滑到那手，让大球落下后，又在即将着地前的最后一刻接住——所有动作轻灵舒展，竟似毫不费力，直看得二人如痴如醉。

蓝道魁不但头脸刮得精光，浑身上下亦是不留丝毫毛发，浑圆的四肢并不见筋肉凸起，腰身窄细，脖颈粗壮，肩膀十分宽阔。

“他的肌肤简直如同女人一般平滑，”乔泰对马荣低声说道，“不过下面可全是劲健的力道！”

马荣点头不语，心中却暗自赞叹。

蓝道魁蓦地停住，静立片刻，调匀呼吸，然后含笑走来，掌中托着大球，伸到马荣面前，说道：“我得去穿上衣服，劳驾拿一会儿如何？”

马荣欣然接过，随即骂一声娘。只见大球脱手落下，一声闷响砸在地上。原来竟是个实心铁球。

三人一齐大笑起来。

“老天爷！”马荣叫道，“见你玩得恁般自如，我只当是木头做的哩！”

“还请蓝大哥能将此技传授给小弟。”乔泰热切说道。

“我曾经有言在先，从不传授独门技艺或功夫。”蓝道魁微微笑道，“能教你们二位，自是幸事一桩，但是必得从头至尾通通学完不可。”

马荣搔搔头皮：“要是我没记错的话，有一条规矩是不近女色？”

“女人会吸去男子的元气。”蓝道魁说话时，语调竟十分酸涩，使得马荣乔泰不禁惊异地看他一眼，只因他一向出语平和，绝少如此放言偏颇过。蓝道魁旋即笑道：“换句话说，如能有所节制，便也没甚害处。对你二人，我可以另外订出几条来，必须戒酒，只吃我规定的饭菜，每月只可与女人温存一遭，再无其他！”

马荣面带疑色瞥了乔泰一眼，说道：“蓝大哥，这可太难为小弟了。倒不是说我一味好酒好色，不过总归也是快四十的人，早已积习难改。不知乔老兄意下如何？”

乔泰捻着髭须答道：“至于女人么倒也罢了——除非她是一等一的货色。但是要说滴酒不沾……”

“你二人既然如此，须是怪我不得。”蓝道魁大笑道，“其实也没甚要紧，你们的拳术已是九等，不必非得再下一程。身为官差捉拿凶犯时，绝不会遇上武艺顶级的对手。”

“为何不会？”马荣问道。

“道理简单得很！”蓝道魁答道，“若是想从一等练到九等，身强力壮且又坚持不懈便足矣。但是要想百尺竿头更进一步，体力与技艺便已是次要，惟有内心修为极高、心静如水之人方可达成，而如此高人，自然也不会去行那作奸犯科之事了。”

马荣戳戳乔泰的肋骨，咧嘴笑道：“如此说来，你我还是照旧过活的好。蓝大哥赶紧穿上衣服，还等你带我们兄弟去一趟廛市哩。”

蓝道魁一边穿衣，一边议论道：“你们狄老爷如果想要修炼到顶级，我看八成倒是能行。他看去性格极为坚韧，令我印象至深。”

“一点不错！”马荣说道，“狄老爷不但剑术一流，我还亲眼见过他与人打斗，出拳之狠简直令我目瞪口呆！[1]他向来饮食有度，家中只有三房妻妾，实在算不得多，不过却是另有难处，你想他会舍得剃去那一大把胡子么？”

三人放声大笑，出了正门一路朝南，不一时便行至廛市高大富丽的门楼前。狭窄的走道上人流熙攘，一见蓝道魁过来，却纷纷闪避两旁，足见此人在北州确是大名鼎鼎。

“多年以前，突厥各部族常常聚在北州交易货物，于是便盖起了这座集市。”蓝道魁解说道，“这里不但有许多

---

[1] 见《铜钟案》第二十一回。——原注

房舍，其间的通道也好似兔洞一般纵横交错，据说加在一起足有十几里长。不知你们究竟要找什么？”

“我二人为的是要寻到廖小姐的下落，”马荣答道，“当日她就在此地失踪不见。”

“记得她似是观看熊戏时走失的。”蓝道魁说道，“且随我来，我知道突厥人在何处杂耍卖艺。”

蓝道魁引着马荣乔泰从店铺背后抄近路，行至一条稍宽的路上，说道：“就是这里。虽然现在不见有突厥人，但确是此处无疑。”

马荣顾视左右，满眼所见皆是寒酸鄙陋的小货摊，摊主们正扯着嗓子高声叫卖，于是说道：“洪亮陶干已查问过这里所有人，他二人向来行事稳妥，因此不必再问。我只是纳闷那廖小姐放着廛市北面不去，跑来此处作甚，明明那边的店铺要高级许多，售卖丝绸锦缎之类。”

“她家保姆对此有何说法？”蓝道魁问道。

“道是她二人迷了方向，”乔泰答道，“正好看见前面有人耍熊作戏，便打算暂停一时瞧个热闹。”

“朝南再走两条街，便有一家烟花窑子，”蓝道魁说道，“莫非是被那里的人给拐了去？”

马荣摇头说道：“我已查过那几家窑子，却是一无所获，至少与此案全无干系！”说罢咧嘴一笑。

这时马荣忽听背后传来奇怪的吱吱声，转头一看，却是一个衣衫褴褛的瘦弱少年，大约十五六岁年纪，五官抽动，口吐怪声，看去十分吓人。马荣将手伸入袖中，意欲摸出一文钱来给他，不料那少年竟置之不顾，擦身而过后径直朝前跑去，拽住蓝道魁的衣袖一力拉扯。

蓝道魁微微一笑，伸出大手摩挲着少年蓬乱的头发。那少年立时安静下来，抬头望着蓝道魁铁塔般的高大身躯，兀自欢喜不迭。

“你总有些古里古怪的朋友！”乔泰惊叹一句。

“他并不比你见过的任何一人古怪多少！”蓝道魁徐徐说道，“这孩子原是个汉人兵士与突厥妓女所生的弃儿，曾经在街上被醉鬼踢折了几根肋骨，正好被我遇见，替他正骨后，又留在我家住了一阵。他虽是个哑巴，却还能听到一点声音，若是你讲话很慢，他便能听懂，人也非常聪明伶俐。我教了他几招有用的防身之术，如今谁也不敢前来招惹，除非是那喝得烂醉根本不识人的！我向来最恨有人欺凌弱小，本想留下他作个童仆，却见他时常神思恍惚，看去还是更爱在这廛市中游荡栖居。如今每过一阵子，他便会去我家吃一顿饭，再彼此闲谈半日。”

少年复又吱吱喳喳起来，蓝道魁仔细听了半晌，随后说道：“他想要知道我在这里做甚，不妨说明来意。要知道他的眼力十分敏锐，对于周遭发生之事几乎无所不知。”

蓝道魁慢慢讲述廖莲芳失踪一事的来龙去脉，边说边用手比划，少年凝神倾听，两眼直盯着蓝道魁翕动的口唇，扭曲变形的前额上渗出点点汗珠。听完之后，他从蓝道魁袖中急急摸出七巧板，蹲在青石街面上埋头摆弄起来。

“这也是我教给他的，”蓝道魁笑道，“可助于表情达意。且来看看他拼出了什么？”

三人弯腰看去，只见少年拼成如此形状。

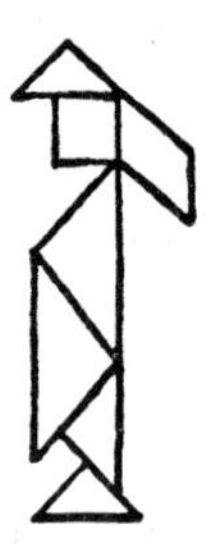

“看去分明是个突厥人，”蓝道魁说道，“头上戴的正是突厥人在大漠中常用的黑风帽。你再说说这人做了些什么？”

哑少年无奈摇头，复又揪住蓝道魁的衣袖，口中发出嘶哑的声音。

“他自己没法讲得清楚，”蓝道魁说道，“想带我去找一个老乞婆。那老妇人多少也照料他一二，他们住在店铺下面的地洞中，里面虽说肮脏腥臭，但却很是暖和，这一点十分难得。不过你二人最好别去，就在此处等候。”说罢与少年一同离去。

马荣乔泰在附近漫步逡巡，仔细赏鉴着货摊上陈列的突厥匕首与短刀。

一时蓝道魁独自返回，欣喜说道:“我果然弄到了你们想要的消息，且过这边来。”又拽着马荣乔泰转到货摊背后的街角处，方才低声说道:“那老乞婆道是他二人当日也曾挤在人群中观看要熊，见到一个衣着考究的年青女子与一个老妇同行，看去甚是阔绰。那老乞婆正想过去讨几文钱，却见一个中年妇人站在女子身后低声说了几句话，女子听罢偷看保姆一眼，见保姆正目不转睛地盯着场中，便悄悄随那中年妇人溜走了。这时哑少年从看客腿下钻出来，一路尾随那二人，想讨几个铜板，忽然又冒出一个头戴突厥人黑风帽的高大男子，一把将少年推到一边，并紧跟二女而去。少年见那戴风帽的大汉样子十分凶恶，便打消了继续追上去要钱的念头。你们听罢以为如何?”

“果然有趣!”马荣叫道，“那老乞婆或是哑少年能否描述一下中年妇人与突厥汉子的模样?”

“可惜却是不能。”蓝道魁答道，“我自然也问过他们，老乞婆道是中年妇人用项巾遮住了下半个脸面，那大汉亦将风帽两侧的护耳拉起掩在嘴上。”

“我们得赶紧去向老爷报告此事，”乔泰说道，“这是关于廖小姐的头一条切实线索。”

“我带你们两个抄近道出去。”蓝道魁说道。

蓝道魁引着马荣乔泰钻入一条过道，这里狭窄幽暗，且又行人众多。忽听传来女人尖叫，紧接着又是家什碎裂的声音，周围的人群立时作鸟兽散，转眼间只剩下他们三人立于道中。

“就在那边的黑屋子里!”马荣叫着朝前跑去，一脚踹开门板闯入，乔泰与蓝道魁跟在后面。

三人奔过空旷无人的厅堂，顺着木阶直上二楼。楼上是一间临街的大屋，其中景象十分凌乱费解，只见两名壮汉正在对两个男子拳脚相加，打得那二人满地乱滚。一个半裸女子躲在离门不远的床边瑟瑟发抖，窗前另有一张床榻，榻上也有一个浑身赤裸的妇人，正抓起一块缠腰布来遮在身上。

两名大汉见有人闯入，立时停下拳脚，其中一个身材壮硕，右眼上戴着一只眼罩，看见蓝道魁圆圆一颗光头，满以为三人中以他最弱，上去挥拳就打。蓝道魁稍稍偏头让开，等拳头从眼前晃过后，看准对方肩膀随手一推，那人便如离弦之箭一般直飞出去，重重地撞在墙上，震落一地白灰。这时另一个汉子俯身朝马荣的小腹撞去，马荣抬起膝盖，正中对方脸面。床上的裸女复又尖叫起来。

独眼壮汉从地上爬起，喘息说道："老子要是身上带刀的话，定能将你们这几个骗子砍成几段！"

马荣意欲上去再打，却被蓝道魁拽住了胳膊。

"马荣兄弟，我们想必是帮错了人。"蓝道魁冷静说罢，转头对那两个大汉又道："这二位乃是县衙里的官差。"

刚才被打的二人一听此话，立时从地上爬起，直朝门口奔去，却被乔泰挡在了半路。

独眼壮汉闻听大喜，来回打量三人几眼，冲乔泰开口说道："这位差爷，恕我刚才误会错认了，还以为你们跟那两个泼皮无赖是一伙哩！我与这位朋友本是北军步兵，如今正离营休假。"

"拿官文来与我瞧瞧！"乔泰命道。

那人从腰间抽出一只皱巴巴的信封，上面盖有北军大印。乔泰浏览过里面的文书后一并递还，说道："果然不错，你且从头说说，到底怎么回事。"

"我与朋友正在街中闲逛时，"那兵士叙道，"过来一个小淫妇主动勾搭，就是那边床上那个，说要请我们上楼去风流快活，结果进来一看，还有一个淫妇也等在此处。我二人预付过银子，完事之后便一头睡去，谁知醒来发现身上的银钱全没了踪影。我开口叫骂几声，那一对滑头乌龟便现身出来，道是刚才两个女子本是他们的老婆，若是识相的话，就悄悄走开，否则便要叫来巡兵，控告我们奸淫妇女。

“我二人心知中了仙人跳的圈套，因为一旦落到巡兵手里，就如同掉进十八层地狱一般，管你有理没理，都得先美美吃一顿鞭子再说。于是我们打定主意不要钱了，不过总得给那两个狗杂种一点颜色瞧瞧，好叫他们日后莫要忘记。”

马荣一直从旁打量着那两名无赖，此时忽然开口说道：“我认得这一对好汉！原来就是再过两条街那第二家窑子里的龟公！”

二人立刻跪倒在地，恳求开恩饶命，其中年长的一个从袖中摸出一只钱袋，送到独眼兵士面前。

马荣厌憎地说道：“你们这些狗头就不会想点新鲜花样出来？真是叫人腻烦！如今且去县衙走一趟，连同这两个女人。”

“你们可以正式递状告他二人。”乔泰对两名兵士

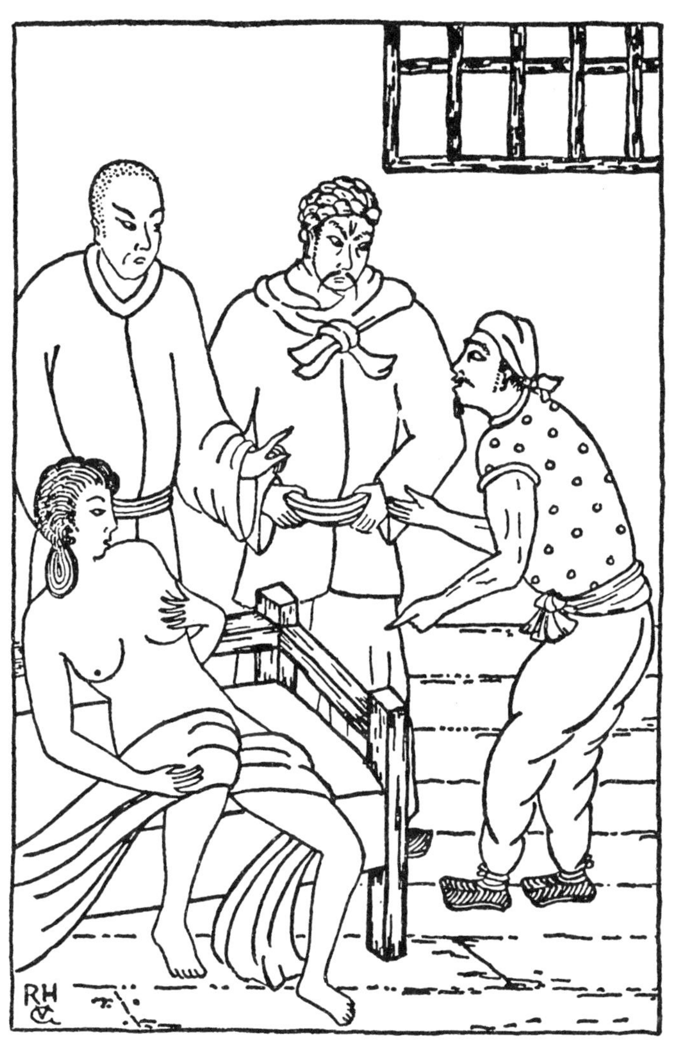

独眼兵讲述仙人跳

说道。

独眼兵士瞥了同伴一眼，开口说道：“实话对差爷讲，我们并不想多此一举，再过两天便得回营销假，何必跑去县衙大堂白白跪上半日。如今钱已追回，况且那两个小娘儿们服侍得也算卖力，我们宁愿就此离开，不知差爷可否准许？”

乔泰看看马荣，马荣耸耸肩膀说道：“我倒是并无所谓。不过这宅子未经官府许可，总得带这两个乌龟回去。”又朝年长之人发问道：“你们可曾将此处租给过那些自带相好的公子老爷们？”

“绝对没有，差爷！”那人斩钉截铁地答道，“小人当然知道让客人与未挂牌的女子一起鬼混是犯王法的勾当。邻街倒有这样一所宅院，就在春风酒肆附近，那女院主不知什么来路，反正与我们不是同道，听说前天一命呜呼，宅子也从此关门了。”

“愿她魂去安然。”马荣虔敬说道，“这事就算到此为止，等会儿叫廛市主管带领手下，将这男女四人送去衙院。”又对两名兵士说道：“你们也可以走了。”

“多谢差爷！”独眼兵士感激说道，“这几日里总算是头一遭交到好运，自从我右眼坏了之后，就一直晦气不断。”

马荣见那裸身女子正缩在床上，兀自犹疑要不要去拿衣服过来，便冲她叫道：“美人儿，何必如此扭手扭脚！你那浑身上下便是这宅子的活招牌。”

那女子翻身下床，蓝道魁转身背对着她，朝独眼兵士随口问道：“你的眼睛又是怎么回事？”

“从五羊村过来时，在半路上冻坏的。”兵士答道，“我二人想找人帮个忙能早些进城，好不容易看见一个老头儿骑马经过，谁知那厮一见我们便急忙溜走，定是做了什么坏事心中有鬼！我对同伴说……”

“且慢！”马荣插话说道，“那人是不是随身带着什么东西？”

独眼兵士搔搔头皮，答道：“不错，差爷一说我就想起来了，鞍头上确实挂着一只皮囊之类的东西。”

马荣对乔泰会意一瞥，对那兵士说道：“我们县令老爷正在追查你遇见过的那人，烦劳二位非得跑一趟衙院不可，保证不会耽搁太久便是。”又转头对蓝道魁说道：“我们这就回去吧。”

“既然你二人已经颇有斩获，不如大家就此别过。”蓝道魁笑道，“我得先吃些东西，然后再转去浴堂。”

第八回

狄公剖析两桩疑案　于康吐露一段私情

马荣乔泰带着两名兵士走入衙院时，听守卫道是陶干已经回来，正在二堂中与狄老爷洪都头密谈。马荣吩咐他们不久廛市主管便会带了男女四人前来，将二男交给狱吏处置，再传郭夫人来照管那两名妓女，说罢后去往二堂，让两名兵士暂且在外面廊上等候。

狄公与洪亮陶干正在深谈，一见马荣乔泰进门，立刻煞住话头，命二人立即报来。

马荣细述一番在廛市中发生的种种，最后报曰证人此刻就在外面立等。

狄公闻听大喜："马荣适才所述，加上陶干探得的消息，如今廖小姐失踪一案总算有了大致眉目。先带那两名兵士进来。"

二人走入二堂，见过礼后，狄公命他们又详述一回前后情形，然后说道："你们的证言十分重要。本县自会写一封书信，你可带回去交给军营统领，就说县衙有务，需你二人在此地多留两日，届时还要传唤作证。洪都头这就带你们先到牢里指认嫌犯，过后再去公廨内，让书办记下方才的证词。你们可以走了。”

两名兵士听说可以多留两日，不禁大喜过望，对狄公称谢不已。洪亮带他们出门后，狄公取出一张公文用纸，提笔给军营统领书成一信，又命陶干向马荣乔泰重述他在赌馆与饭庄中的见闻。待陶干讲完，洪亮亦已转回，禀报曰那两名兵士见了潘丰，一眼便认出正是他们在城外遇见过的骑马之人。

狄公饮过一杯热茶，开口说道：“如今且来从头梳理一番。首先是潘叶氏被杀一案，既然潘丰所言路遇劫匪一事已被证明为实，想必他的其余说辞亦是不虚，且等我派出的衙役从五羊村回来，便可确认无疑，然后理应将他无罪开释。我深信他确是清白无辜，眼下必得设法追踪另外一名男子，即在本月十五日午后至十六日早上之间杀死潘叶氏的真正凶手。”

“既然凶手预先知道潘丰会在午后离家外出，则必与潘丰相识。”陶干沉思道，“从叶泰口中，自会问出潘叶氏都有哪些熟人，他们兄妹显然关系密切。”

“无论如何，我们必得找叶泰来问话。”狄公说道，“即使为了你从赌馆中听来的那些消息，也必须彻查一番此人的所作所为不可。我会亲自去问潘丰都有哪些亲朋好友。如今再说这廖小姐失踪一案。陶干遇见的米商道是廖小姐曾与一个青年男子在廛市的一家秘密行院中幽会，就在春风酒肆附近，这一说法恰与马荣抓到的龟公口中所言完全相符。几天之后，有个妇人在同一地方与廖小姐搭话，廖小姐一听，立时便跟那妇人偷偷溜走。据我想来，那妇人定是对廖小姐说她的情人正在某处等候，故此廖小姐才会随之而去。只是头戴黑风帽的大汉究竟扮演何种角色，尚且难以断定。”

“那人显然不是廖小姐的情郎。”洪亮说道，“米商口中道是一名瘦瘦的青年后生，而哑少年描述的却是一个身材魁梧的彪形大汉。”

狄公点点头，手捻颊须思忖半晌，又道：“听陶干说过廖小姐与人幽会一事后，我便立即派班头先去店中寻那米商，让他引路指认那所宅院，随后再去朱大元府上传唤于康前来。洪都头，你且去看看班头有否回衙。”

一时洪亮回来禀道：“廖小姐去过的宅院，果然就在春风酒肆对面，街坊四邻道是女院主前天身亡，剩下的一个女佣也已离城回乡。那宅子着实有些古怪，里面常常人声喧闹，直至深夜方歇，但是邻居们大多装聋作哑浑似不觉。班头带人撞开门进去，里面的陈设居然十分不俗，着实出人意料。由于院主已死，宅院全是空空，自然也无人出来拦阻，于是班头将所有家什查了一遍，又列成清单，然后将宅门封起。”

“我很怀疑那清单是否齐全，”狄公说道，“想来所有小巧易携之物，如今都已悉数移入班头家中去了，这厮贸然入户查抄，实在居心叵测。且罢，女院主偏偏在此时死去，实在不巧得很，不然还能问出有关廖小姐情人的消息来。于康到了没有？”

“回老爷，他正在三班房中坐等，”洪亮答道，“待我去唤他进来。”

一时洪亮带着一个青年后生走入，相貌看去颇为清俊，只是一脸病容，口唇不时痉挛抽动，似是十分焦虑，两手也抖个不住。

“于康，你且坐下。”狄公温颜说道，“关于你的未婚妻廖小姐失踪一事，如今勘查颇有进境，不过还须找你来询问一些详情。你与廖小姐相识有多久了？”

“回老爷，已有三年。”于康轻声答道。

狄公竖起两道浓眉：“古人有云，一对青年男女一旦订下亲事，便应千方百计使其尽早完婚，方不失为明智之举、万全之策。”

于康脸上一红，急急说道：“回老爷，只因廖老先生对女儿十分钟爱，似是很不情愿将她嫁出去，而小生的父母又远在南方，当日曾托付朱员外代为处置小生的一应事宜。我一到此地，就住进了朱家，盖因朱员外唯恐我自立门户后便不再听他驱遣，当然这也是人之常情。他向来待我如同父亲一般，要说执意固请他同意我早日成婚，小生也实在难以启齿。”

狄公未置一辞，接着问道：“据你想来，莲芳小姐会是遭遇何事？”

“我哪里晓得！”于康冲口叫道，“小生整天思前想后，生怕是……”

狄公默默注视着于康，只见他不停绞着两手，忽而泣下数行，便突然开口发问道：“莫非你是担心她与旁人私奔了？”

于康闻言抬头，虽则泪痕满面，却微微笑道：“不不，老爷，这绝无可能！莲芳怎么会另有情人！至少我相信绝对不会。”

“既然如此，本县有个坏消息要告诉你。”狄公肃然说道，“就在廖小姐失踪前几天，有人看见她从廛市的一家行院中出来，旁边还有一个青年后生。”

于康立时面如死灰，双目圆睁，直直瞪着狄公，如同白日见鬼一般，忽然失声叫道：“我们的秘密果然已经泄露！这下全完了！”说罢浑身颤抖着恸哭起来。

狄公递个眼色，洪亮端了一杯茶递上，于康接过一口喝干，稍稍平静后又道：“老爷，莲芳定已寻了短见，都是我害了她！”

狄公朝椅背上一靠：“于康，你且从头细说。”

于康强抑悲痛，稍稍平静后开口叙道：“大约一个半月以前，莲芳与她的保姆曾经前来朱府，为的是替她母亲给朱家大夫人捎个口信，不巧夫人正在沐浴，主仆二人便暂等一时。莲芳在花园里漫步时，正好被我瞧见，我自己的住处就在那庭院一侧，于是便说动她与我一道进屋……此后我们在廛市的宅院中私会过几次，她的保姆有个密友正在附近开店，二人一扯起闲话来就没完没了，因此也乐得让莲芳独自在集市中游逛。我们最末一次会面后，过了两天，她便失踪不见。”

“如此说来，从那宅院中偷偷溜走的便是你了！”狄公插话道。

“是的，老爷，正是小生。”于康凄然说道，“那天莲芳道是疑心自己有了身孕，一想到事情即将败露，不由得心胆俱裂，我一听也吓得要死，心知莲芳很可能会被父亲赶出家门，而我也将含羞忍耻被朱员外遣回父母身边。我向她保证一定想方设法说动朱员外同意我们尽快成婚，莲芳也答应回去劝说父亲。

“当天晚上，我对朱员外道出此事，不料他听罢大发雷霆，斥责我是个忘恩负义的混账东西。我写了一封密信给莲芳，敦促她尽力说服父亲，显见得廖老先生同样一口回绝，结果这可怜的姑娘定是一时想不开，便投井自尽了，都是我这个懦夫害了她!”

于康泪如雨下，过了半晌，复又哽咽叙道：“这些日子里，此事一直压得我喘不过气来，每时每刻我都在想，不定就会传来莲芳的尸身被发现的消息。后来叶泰那恶棍又向我敲诈勒索，道是知晓我二人曾在朱府内偷偷私会。我给了他一些银两，但他却愈发得寸进尺！今天又来过一趟，并且……”

“叶泰如何会知道你的秘密?”狄公插话问道。

“显然是从一个姓刘的老仆妇那里听说的，她总是暗中监视我们的一举一动。”于康答道，“她以前曾在叶家帮佣，还做过叶泰的保姆。有一天，叶泰要见朱员外谈些生意，正在书斋外面的长廊上等候，他二人便站在那里说长道短，于是谈及此事。叶泰还担保说，那老妇已答应他不会再将此事告诉别人。”

“那老仆妇本人可曾找过你的麻烦?”狄公问道。

“回老爷，这个倒是没有。”于康答道，“我本想亲自跟她面谈一回，以确保她会守口如瓶，然而直到今天，也没能找到搭话的机会。”眼见狄公面露惊异之色，又连忙解释道，“我家主人将整个大宅分隔成八处，各院自有伙房炉灶与男女用人。主院由朱员外与大夫人居住，还有书斋与我的住处，其他七所独院，则分别住着七位姨太太。府内仆从甚众，加之各人必须在各自院内做事，不得随意穿梭出入，因此我想要找某个人私下说几句话，确也十分不易。

“就在今早，我去朱员外房中，与他商议有关佃农账目之务，出门时正巧遇见那姓刘的老妪，赶紧上前打问究竟对叶泰透露过几分我与莲芳的事，然而她却装作全然不知，可见还是一心向着叶泰。”于康略停片刻，又惨然说道，“至于她是否守口如瓶，如今已经无关紧要了！”

“并非如此，于康，这一点仍然十分要紧，”狄公说道，“本县已经查实廖小姐并未自寻短见，而是被人诱拐去了。”

“被谁诱拐了去？”于康叫道，“莲芳她如今人在哪里？”

狄公抬手示意，徐徐说道：“此事还在调查之中。你须得保守秘密，不要惊动了绑去廖小姐的歹人。若是叶泰再来勒索钱财，你只对他说姑且回去等上一两天。在此期间，本县定会寻得廖小姐的下落，并将诱骗她的罪犯一并抓获。

“于康，你自己的所作所为，亦应遭到严谴，不说正言规劝廖小姐，反而利用她对你的情意，去满足自己尚且无权享受的欲望。一对男女的订亲与成婚，绝非个人私事，而是关系到双方家族所有在世或已故成员的郑重盟约。你不但冒犯了家中祠堂内供奉的列祖列宗，还使得未来的妻室蒙受羞辱，并给攫去她的歹徒提供了作恶的机会，因为那人正是假托你的名义，说你要见廖小姐，方才奸计得逞。听说她失踪后，你非但没有立即前来官府道出真情，反而白白拖延了这许多时日，无意中害她遭难更久，实在负她太多！如今你且回去，待本县找到廖小姐后，自会再度传你前来。”

于康启齿欲言，到底未能吐出一语，转身踉跄出门而去。

几名亲随七嘴八舌议论起来，狄公举手示意后说道：“如今廖小姐失踪一案基本水落石出。定是叶泰那厮一手所为，因为除了老仆妇之外，惟有他知晓这桩男女私情，哑少年所描述的头戴风帽的高大男子，也与他样貌相符。替他假传消息的中年妇人，定是那所秘密行院的女院主，不过她并未将廖小姐领去自家宅中，而是带到了其他什么隐秘的地方，廖小姐至今仍被叶泰关在那里——这恶棍究竟是为了满足自己的淫欲，还是要将廖小姐转卖给他人，我们还须设法查明。叶泰自以为万无一失，因为那不幸的姑娘必是既不敢回家，也不敢去找未婚夫，天知道正在遭受何种折磨！谁想这厚颜无耻的恶人仍不知足，居然还敢再去敲诈于康!”

“老爷可否许我现在就去逮了那厮回来?”马荣请命道。

“当然可以!”狄公说道，“你这就与乔泰同去叶家，那兄弟二人大概正在用饭。你们只在房舍周围仔细盯紧，一旦叶泰出来，就尾随其后，他自会带路去那秘密窝巢，等他一进门，就立时上去逮住，如果还有旁人，也一并拿获。你们出手制住叶泰时无须过分小心，只要他未伤到无法开口回话即可！还望你二人马到成功!”

第九回
送幼女雪夜归家门　返衙院街市闻凶信

马荣乔泰急急出门，洪亮陶干也自去用饭。狄公移过上峰刺史发来的一摞公文，埋头细看起来。

忽听有人轻叩房门。“进来！”狄公高声说道，顺手将公文推到一旁，心想定是衙吏前来送晚饭，不料抬头一看，面前却立着个身形颀长的女子，竟是郭夫人。

郭夫人披着一袭长身灰皮斗篷，越发显得窈窕妩媚，翩然行至书案前躬身一拜，狄公只觉一股清幽之气拂面而来，正是当日桂枝堂中弥漫的宜人药香。

“郭夫人请坐！”狄公说道，“这里非是县衙大堂，不必十分拘礼。”

郭夫人在长凳一端坐下，开口说道：“冒昧前来打扰老爷，只为禀报一事，便是关于今日收监的那两名女子。”

“说来听听。”狄公靠坐在椅背上，顺手端起茶盅，却发现已是空空如也，于是复又搁下。郭夫人连忙起身，从桌角端起茶壶，上前为狄公斟满，然后说道：“她二人皆是南方的农家少女，只因去年秋天收成太坏，不得已才被父母卖给了人贩子，那人将她们带到北州后，又转卖给廛市里的一家妓院，院主命她们去那座私宅中设下圈套、诈人财物，已经做过了好几回类似的勾当。

“据我看来，她们倒并非品性下劣，如今沦落风尘，虽然心中痛恨，却又无可奈何，因为妓院老板手中握有她们父母签字画押过的卖身契，无疑是有理有据的合法买卖。”

狄公长叹一声，说道：“都是老生常谈。不过，既然她们主家利用未经许可的房舍暗中经营，我们倒是可以因此做些文章。不知那两个女子这一向遭遇如何？”

“也是老生常谈，”郭夫人淡淡一笑，“她们常常受到打骂，整日还得打扫房舍并下厨帮佣，着实艰辛不易。”说罢用纤长的手指整整兜帽，动作十分轻巧敏捷。狄公看在眼里，不由心中暗赞这确是一个极富魅力的女子。

“对于未挂牌而做生意的行院，官府通常会罚以重金，但无济于事，”狄公说道，“老板付过罚金后，便会迁怒于人，结果遭殃的仍是这些姑娘。鉴于他同时犯下敲诈勒索之罪，我们大可判那卖身契从此作废，并且你又道是二女原本心性纯良，我自会将其送回家乡与父母团聚。”

“老爷真是宅心仁厚、体恤下情！”郭夫人说罢站起身来，立等老爷发话便可退下。狄公一时竟有些恋恋不舍，很想与她再攀谈几句，却又为这莫名的念头而暗自着恼，于是冲口说道："多谢郭夫人一番及时相告，你可以走了。"

郭夫人再拜离去。

狄公起身离座，反剪两手在房中踱步，这二堂似乎愈发寒冷凄清，遥想几位夫人此时或已抵达头一处驿站，不知她们今夜的下榻之处可否温暖舒适。

衙吏送入晚饭，狄公匆匆用罢后，起身立在大火盆旁边啜饮热茶。

一时房门开启，只见马荣进来，面色看去十分垂沮，开口说道："启禀老爷，叶泰午后离家出门，晚上却没见回来用饭，家中用人道是他常在外面与一帮赌友吃喝鬼混，直至深夜方归。乔泰此刻仍守在叶家门口监视。"

"真是可惜，"狄公抱憾说道，"我原本指望能尽快将廖小姐解救出来。你们今夜不必再继续盯梢，明日早衙时，叶泰自会与叶宾同去大堂，那时再抓他不迟。"

马荣离去后，狄公在书案后坐下，拿起读了一半的公文来意欲再看，奈何终是神思散漫。叶泰未曾归家一事令他心烦意乱，却又自解曰如此烦恼实在没有道理，为何这个无赖偏偏得拣今晚去那秘密窝巢呢？

眼看此案收功在望，偏又横生枝节，只得按兵不动，着实令人窝火。或许叶泰已经吃饱喝足，此时正朝着藏匿廖小姐的地方走去，那顶黑风帽混在人群中自是一望即知……狄公蓦地直坐起来，以前是否曾在什么地方见过这样一顶帽子？莫非就是城隍庙附近？

狄公霍然立起，快步走到靠墙的橱柜前，打开柜门，在陈年衣物中一气翻找，拣出一件打了补丁的旧皮袍，看去似乎尚可御寒，于是穿在身上，再将家常皮风帽摘下，换了一条厚围巾紧紧包在头上，连同下半个脸面也一并遮起，又取出藏在二堂中的药箱来背在肩上，对着镜子上下打量，自觉颇似一个走江湖的郎中，随即悄悄从西边角门出了衙院。

天上细雪飘飞，看去下不了多久。狄公一边朝城隍庙方向闲闲踱去，一边留神注视着两旁紧裹衣袍匆匆而行的路人，但满眼所见皆是普通皮帽，间或也有突厥人的缠头巾。

狄公漫无目的走了半日，不觉已是云消雪霁。要想在此处撞见叶泰，直如大海捞针一般渺茫。其实自己并没期望真会有此巧遇，只因二堂冷寂不堪独坐，一时急于脱身出来换个地方而已……狄公想到此处，不独灰心失意，甚至自厌自恨起来。他静立片刻，环视左右，发觉已行至一条狭窄幽暗的里巷中，四周阒无人迹，于是加快脚步朝前走去，一心只想立即回衙做公。

黑暗中忽然传来一阵啜泣声，似在左手方向。狄公驻足望去，只见一个小童蜷缩在一家门廊的角落里，上前弯腰细看，原来是个五六岁的小女孩，正坐在地上哀哀哭泣。

“小姑娘，你在这里干什么?”狄公和蔼问道。

“我迷了方向，回不去家了。”女孩大声哭道。

“我知道你家住在哪里，这就送你回去!”狄公安慰道。他将药箱放在地下，权当板凳坐在上面，又将女孩抱起，见她身上只穿着薄薄的家常棉袍，冷得直打哆嗦，便解开皮袍前襟，将她裹在怀里，女孩很快便止住哭声。

“你先得让自己暖一暖。”狄公说道。

“然后你就送我回家。”女孩欣喜说道。

“一点不错。”狄公答道，“你妈妈管你叫什么?”

“梅兰。”女孩说罢责怪道，“莫非你不知道我的名字?”

“当然知道!”狄公说道，“你叫做王梅兰。”

“你成心逗我!”女孩噘起小嘴，“我明明叫陆梅兰。”

“对对，”狄公应道，“你爹爹在那边开着一家店铺……”

“你又来装蒜!”女孩失望地说道,“我爹爹已经死了,如今是我娘在照看布店。我看你呀,什么都不知道。”

“我是个大夫,所以整天忙得很哩,”狄公辩解道,“那你且说说看,你娘带你去集市时,会打城隍庙的哪一边过去?”

“有两个大石狮子的那一边,”女孩立即答道,“你更喜欢哪只狮子?”

“脚下踩着球的那只。”狄公满心希望这次能够说中。

“我也是!”女孩欢然说道。狄公起身背上药箱,又将女孩抱起,朝城隍庙方向走去。

“娘要是能给我看看那只小猫就好了。”女孩又絮絮念道。

“什么小猫?”狄公随口问道。

“有天晚上,一个大叔来看我娘,说话十分好听,就是跟他说话的那只小猫,”女孩不耐烦地说道,“你不认得他么?”

“不认得。”狄公说道,为了哄她高兴,便又追问一句,“那个大叔是什么人?”

“我也不知道,我还以为你会认得他呢。有时他夜里会来,我听见他常与一只小猫在说话。但是一问起这事来,娘却非常生气,非说我是在做梦。可我没有做梦,都是真的。”

狄公叹了口气，心想多半是这陆家的寡妇与人有了私情。

二人行至城隍庙前，狄公向一个店主打听陆记棉布庄坐落何处，那店主随即指出了路径。狄公边走边问道：“你为何天黑夜晚时要从家里跑出来？”

“我做了个噩梦，醒来后吓得要命，”女孩答道，“然后就跑出去找我娘。”

“你怎么不叫用人？”狄公问道。

“自从爹爹死后，娘就把她打发走了，”女孩答道，“所以今晚家里只有我一个人！”

狄公在一家挂着“陆记棉布庄”招牌的门口停下，此巷十分寂静，周围住户皆是中等人家。他上前叩了两下，大门立时开启，出来一个身材瘦小的妇人，举起灯笼上下打量狄公几眼，怒气冲冲地质问道：“你把我女儿弄到哪里去了？”

“她独自跑出家门，且又迷了路，”狄公徐徐说道，“怕是已经受了风寒，还望你更加悉心照料。”

那妇人恶狠狠地瞪了狄公一眼。她看去三十左右年纪，相貌倒颇为俊俏，只是眼中射出一股邪火，两片削薄的嘴唇透出残忍酷烈之气，令狄公十分不喜。

“你这走江湖的假郎中，少管别人家闲事!”妇人叱骂道，“休想从我这里骗到一个钱去。”说罢将女孩一把拽入，“砰”的一声关上大门。

“好大的火气!”狄公喃喃自语道，耸一耸肩头，走回大街上。

狄公行至一家大面馆门前，正夹在人群中推挤前行时，不意撞到两个行色匆匆的彪形大汉，其中一个一把揪住狄公肩头，口中兀自怒骂不休，忽然松手叫道：“我的天！原来是老爷在这里!”

看着马荣乔泰一脸惊诧，狄公略觉尴尬，微微笑道：“我本想出来寻找叶泰，不料却遇到一个迷路的女童，于是送她回家，如今你我三人不妨四处搜寻一番。”

马荣乔泰仍是面色凝重，未见丝毫释然。狄公心中一紧，追问道：“出了什么事不成?”

“启禀老爷，我二人正要去县衙报信，”马荣惨然说道，“蓝道魁在浴堂中被人害了性命。”

“你可知他如何遇害?”狄公急忙问道。

“他是中毒而死的，老爷!”乔泰愤愤说道，“下手之人真是卑劣至极。”

“我们此刻便去。”狄公断然命道。

第十回

浴堂内亲查人命案　茶杯中寻出剧毒花

通往浴堂的宽阔大街上，聚集着一大群骚动不安的百姓。廛市主管与几名手下站在门口，见有人过来，正要拦阻时，狄公不耐烦地扯下头巾，那几人一见是县令老爷，连忙闪避一旁。

轩敞的大厅内，一个圆脸膛的矮胖男子上前恭迎，自称乃是浴堂掌柜。狄公以前从未光顾过这里，不过听说此处有一股温泉，据称具有药用功效。

“带我去现场看看。”狄公命道。

掌柜引路走入花厅内，这里水汽弥漫，十分闷热，马荣乔泰立时解开外袍。

“老爷最好将外面的衣袍统统脱下，只穿着中衣即可。”马荣提醒道，“进去只会更热。”

狄公依言而行，这时掌柜从旁解说，道是顺着走廊进去，便会看见左手边有一个供众人洗浴的大汤池，右手边则是一溜十间单人浴房，蓝道魁向来用那廊道尽头最末一间，只因甚为清静。

掌柜推开厚重的木门，一股蒸汽扑面而来。狄公依稀看见洪亮陶干正在里面，二人皆身穿黑油布制成的衣裤，为的是不被热气炙伤。

“这两位差爷已命浴堂内所有客人散去，”掌柜说道，“这便是蓝师父的房间。”

众人进去一看，却是一间占地颇大的浴房。洪亮陶干默默让过一旁，狄公环顾四周，只见地面全由石板铺成，十分光滑平整，下面的浴池占去了三分之一的地方，池内满是冒着蒸汽的热水。前面有一张小小的石桌，还有一张竹榻，蓝道魁正躺在石桌与竹榻之间的地上，健硕赤裸的身躯蜷成一团，五官扭曲变形，面色发绿，看去十分怪异，肿胀的舌头从口内伸出。

狄公迅速顾视左右，却见桌上摆着一只大茶壶，还有几片纸板。

“那就是他用过的茶杯!”马荣说着指指地上。

狄公弯腰细看茶杯的碎片，拣起杯底，见里面还残存着一点深褐色的茶水，便小心放在桌上，朝掌柜发问道:“你们是如何发现出了人命的?”

“回老爷话，蓝师父向来行事极有规律，”掌柜答道，“差不多隔天晚上同一时间必来光顾。他总是先在水里泡上两刻钟左右，然后喝一壶茶，再练上一阵功夫，并且严嘱不得有人进去打扰，大概半个时辰过后，才会自行开门，叫伙计再送一壶茶去，喝上几杯之后，便到花厅穿衣离去。”

掌柜喉头一咽，接着又道：“这里的伙计个个都对他十分仰慕，每次到了时候，便会有人在门外的廊上端茶立等。今晚一个伙计等了大约两刻钟光景，却始终不见他开门，又不敢擅作主张进去搅扰，于是便跑来告诉小民。小民深知他一向的习惯，生怕是突发了什么疾病，立刻叫人打开房门……结果就看到如此情形！”

众人半晌无语，洪亮终于开口道：“里长派人去县衙报信，我与陶干见老爷不在，便立即赶来这里，确保现场一切未动。我二人已查问过所有伙计，马荣乔泰亦让每个客人都留下名字后方才离去。但是谁也不曾见过有人出入蓝师父的浴房。”

“茶水里又是如何下的毒？”狄公问道。

“回老爷，投毒定是在这房内所为。”洪亮说道，“已经查明所有茶水皆是来自花厅内的一只大桶，里面盛有沏好的热茶。如果凶手在那里下毒的话，定会毒死这里所有客人。既然蓝师父的房门从不上锁，想必凶手应是潜入室内，在杯中投毒然后逃走的。”

狄公闻言点头，指着粘在茶杯碎片上的一片小小白色花瓣，对掌柜问道："莫非你们这里上的是茉莉花茶？"

掌柜连连摇头，"没有的事，老爷。这么贵重的茶，区区小店哪里供应得起！"

"将剩余的茶水倒入一只小罐内，"狄公对陶干命道，"再将杯子的碎片用油纸小心包起，留神不要碰到那片茉莉花瓣！还有茶壶也一并带回去，仵作自会查验出壶里的水是否有毒。"

陶干一直盯着桌上的纸板出神，听罢缓缓点头，开口说道："老爷请看，凶手进门时，蓝师父正在玩七巧板哩！"

众人一齐看去，只见摆成如此散乱的形状。

"这里只有六片，"狄公说道，"找找那最末一片在哪里，应是个小三角。"

几名亲随在地上四处寻找，狄公静立俯视尸身，忽然说道："蓝师父的右手紧握，看看是不是手里攥着什么东西。”

洪亮小心掰开死者的右手，掌中果然有一片小小的三角形，于是递给狄公过目。

“由此可证蓝师父是在中毒后摆出的这一图形!”狄公说道，“莫非是要留下关于凶手的线索不成?”

“看去似是他倒地时，胳臂一扫弄乱了形状，”陶干说道，“如今实在看不出像是什么东西。”

“陶干，照样画下这几片来，等我们有空时再细细琢磨。”狄公命道，“洪都头，你去告诉里长将尸身送至衙院，随后你们几个在这间浴房内再彻查一番，我去前面问那账房先生几句话。”说罢转身出门。

在花厅内，狄公重又穿好衣袍，叫掌柜带路去门口的账房。

狄公在离银柜不远的一张小桌旁坐下，见账房先生汗出如浆，于是开口说道：“你可亲眼见过蓝师父进门?休得站在那里一味惊惶，既然你一直坐在此处未动，自是店内唯一一个全无嫌疑之人。快快讲来!”

“回老爷话，小民记得很清楚，”账房先生吞吐说道，“蓝师父跟平常一样准时登门，付了五文钱便进去了。”

“他可是独自一人?”狄公问道。

“正是，老爷，”账房先生答道，“他向来都是一人前来。”

“据我想来，你定是认得几乎所有来客的样貌了，”狄公接着说道，“那你可记得在蓝师父之后，都有谁来过?”

账房先生皱眉思忖半晌，答道：“回老爷，多少记起几个。蓝师父是当地赫赫有名的拳师，他每次光临，对小民来说都是当晚的一件大事。后来上门的先是刘屠户，付了两文钱去泡大汤池。然后是行首廖掌柜，花五文钱去了单间。然后又有四人一道前来，都是廛市里的无赖闲汉。再往后……”

“他们四个你可全都认识?”狄公插话问道。

“是的，老爷，”账房先生说罢，搔搔头皮又道，“其实我只认识其中三人，那第四个以前从未见过，是个年青后生，穿着一身突厥人的黑衣裤。”

“他付了多少钱?”狄公问道。

“他们几个通通付了两文钱，要去大汤池，我便给了他们黑牌。”

掌柜见狄公扬起两道浓眉，连忙从墙架上取下两块带绳的黑木牌，“老爷请看，这就是我们用的牌子，拿黑牌的去大汤池，拿红牌的去单间。客人进了花厅，将其中一块交给那里的伙计，伙计便会将脱下的衣物收走，另一块上写着同样的数码，由客人自行保管，临走时再交给伙计，用来领取衣物。”

“你们只有这一种法子来限制客人出入么?”狄公含怒问道。

“回老爷话，我们只是要提防有人不交钱偷偷混进来，”掌柜歉然答道，“或是误穿了他人的衣服出去。”

狄公细思此语，发觉确也有理，须得说谁也预料不到会发生这等事故，便又向账房先生问道：“你可曾看见那四个后生出门?”

“回老爷，这话我可不敢讲，”账房先生答道，“发现出事之后，众人乱作一团，故此……”

这时洪亮马荣进来，禀报曰在浴房内未再发现其他线索。狄公朝马荣问道：“你与乔泰一道查问客人时，可曾见过一个穿着突厥人衣服的青年后生?”

“没有，老爷，”马荣答道，“我们让所有人都留下了姓名与住址，如果有人作突厥打扮，定会看在眼里，因为在此地很少见到哩。”

狄公转头对账房先生吩咐道：“你且出门去街上看看，可否能找到那四个后生中的任何一人来。”

账房先生领命而去，狄公默默坐了半日，手持木牌轻轻敲击着桌面。

一时账房先生果然带了一人回来，那后生站在狄公面前，看去手足无措。

“你们那个突厥朋友是什么人？”狄公问道。

后生惊慌地瞥了狄公一眼，吞吐答道：“回老爷，小民真的不知！我们前天来时，就见他在这门前转悠，但却并未入内，今晚来时，又看见他在原地，等我们几个进门时，他便跟在后面。”

“说说那人的衣着相貌。”狄公命道。

后生一脸尴尬，犹豫片刻方才答道：“他看去身材瘦小，用一条突厥人的黑头巾裹着头与下半个脸面，因此看不出可否留着胡子，但我却瞧见从头巾下面露出一绺头发。一个同伴想跟他搭话，他却恶狠狠地看了我们一眼，于是我们几个心想还是不说为妙。那些突厥人身上常带着刀子，并且……”

“在浴堂中沐浴时，难道你没仔细打量他几眼？”狄公问道。

“那人定是去了单间，”后生说道，“我们在汤池中没见到他。”

狄公迅速瞥了后生一眼，简短说道：“你可以走了！”等那人退下后，立即对账房先生命道：“清点一下那些牌子。”

账房先生急忙分类整理起来，狄公缓捋颊须，从旁观望。

半晌过后，只听账房先生说道："果然出了怪事，老爷。黑牌的三十六号不见了。"

狄公霍然立起，对洪亮马荣说道："我们这便回衙去，在此处该查的皆已查明，起码知道了凶手是如何掩人耳目进来，又是如何溜走的，还有他的大致样貌。作速回去要紧！"

第十一回

众人议论毒杀命案　仵作道出可疑旧情

次日早衙开堂时，狄公命郭掌柜对蓝道魁的尸身作一番检验，北州当地名流悉数到场，堂下人满为患。

郭掌柜细细查验完毕，随后禀道："死者系中毒身亡，现已验明毒药乃是生于南方的蛇根木磨成的粉末。小人先给一条病狗喂了些茶壶里的水，喝罢安然无恙，接着再喂那杯底残留的茶水，只喝了一口便立即死去。"

狄公问道："那毒药又是如何混入茶水的？"

郭掌柜答道："据小人推想，凶手应是在茉莉花瓣上事先喂过毒粉，然后乘人不备，悄悄投入杯中。"

"你有何根据？"狄公问道。

"这毒粉具有一种气味，"郭掌柜答道，"虽然微弱，却十分特别，一旦混入热茶中则更为明显，不过可被茉莉花的香气完全盖过去。剩余的茶水中并无茉莉花瓣，小人将其烧热，散出的气味确凿无疑，因此方可确认。"

狄公闻言点头，命郭掌柜在尸格上按过指印，一拍惊堂木，宣道：“蓝道魁师父被一身份不明的凶手投毒害死。他曾连续数年赢得北方拳师魁首的美名，不但武艺超群，且又品格高尚，北州向来以他为荣，如此一位英雄不幸亡故，实在令人扼腕痛惜。本县自当全力追查此案，早日抓获真凶，以慰蓝大师的在天之灵。”

狄公再拍一下惊堂木，又道：“本县再来说说这叶家兄弟控告潘丰一案。”说罢示意一下，班头立即带了潘丰上堂。

狄公说道：“先由主簿诵读两份有关潘丰行迹的证词。”

主簿站起身来，大声读出两名兵士的述录与衙役去五羊村查案归来的报告。

狄公宣道：“由此可证，潘丰关于本月十五日与十六日一应行为的供述属实。若是他谋杀其妻，不可能离城两日而将尸身原样留在家中，至少也应暂时藏起，因此本县认为控告潘丰杀人证据不足。原告在此须得申明，是预备提供更多证据，还是愿意撤回诉状。”

“小民愿意撤回诉状，”叶宾急急应道，“皆因看到胞妹被害，一时悲痛情急，行事不免唐突草率，在此深表歉意。这话也是代小民的兄弟叶泰所说。”

“此语将被记录在案。”狄公倾身向前，又问道，“为何今日不见叶泰前来县衙?”

“回老爷，小民也不知他究竟出了何事，”叶宾说道，“叶泰昨日吃过午饭出门，至今未见回家。”

“叶泰是否经常夜不归宿?”狄公问道。

“从来没有，老爷!”叶宾面有忧色，“他虽然时常入夜方归，却从不曾在外面留宿。”

狄公皱眉说道:“一旦叶泰回来，叫他立即前来县衙，须得亲自申明撤销对潘丰的控告。”又一拍惊堂木，宣道:“潘丰当堂开释，本县将继续追查杀死潘叶氏的凶手。”

潘丰连忙叩头谢恩，甫一起身，叶宾便疾步上前，口中道歉不迭。

狄公命班头再将妓院老板、两名龟公与两名妓女带上，当面将作废的卖身契交还二女，告诉她们从此重获自由身，又判三名男子入狱三个月，刑满后鞭笞一顿，然后方可开释。三人闻听大叫冤枉，老板心想虽则鞭伤可愈，但那两个囫囵少女的身价银子一旦失去却甚难弥补，实在令人痛煞，念及此处，更是大放悲声。衙役将这几人拖去大牢后，狄公又安排二女在县衙灶房内暂且烧火帮佣，待军营调遣兵将时，再护送她们一路回乡。

两名女子双双跪在案桌前，眼含热泪谢过老爷恩典。

狄公宣布退堂后，命洪亮叫朱大元前来二堂。

狄公坐在书案后方，将一张扶手椅指给朱大元，四名亲信仍旧在长凳上各自落座。一名衙吏默默送上热茶。

狄公开口说道："昨晚我并未再议蓝师父被害一案，一来想等到验尸有了结果，二来还想请教朱员外几件事。既然你与蓝师父是多年至交，一定相知颇深。"

"为了将这下毒的恶人绳之以法，朱某自当尽力！"朱大元愤然说道，"说起蓝师父的武艺高强来，实为平生仅见。不知老爷关于凶手的身份，可否有些眉目不曾？"

"凶手乃是一个年青的突厥后生，"狄公说道，"或者说是个扮作突厥后生的男子。"

洪亮瞥了陶干一眼，开口说道："老爷，我们几个一直想不出为何一定是那后生谋害了蓝师父，毕竟马荣乔泰拿回的单子上，共有六七十人之多。"

"但是他们都不可能出入蓝道魁的浴房而不被察觉。"狄公说道，"只因那凶手知道浴堂内的伙计皆是身穿油布制的黑衣裤，看去与突厥人的黑衣十分相似，所以才会那副打扮。他与三个后生一道进门后，在花厅内并未交出黑牌，而是直接上了走廊假装成伙计，切记雾气蒸腾之中，很难看清来者究竟是何人。他溜进蓝道魁的浴房，将带毒的茉莉花投入茶水之中，便又掩门而去，多半是从店内伙计专走的偏门溜出了浴堂。"

“这歹人果然狡狯!”陶干叫道,“且又考虑得十分周全。”

“不过仍是会留下一些蛛丝马迹。”狄公沉思道,“他无疑会将那身黑衣裤与浴堂专用的牌子毁去,但匆忙溜走时,却一定不曾注意到蓝师父在临终前挣扎着用七巧板拼出的图形,那图形可能暗指凶手的身份,并且蓝师父一定与他相识。我们从旁人口中得知了凶手的大致样貌,想问朱员外一句,蓝师父的徒弟中,有没有一个身材瘦小且留有长发之人?”

“根本没有,”朱大元立即答道,“他所有的徒弟我都认得,个个人高马大,并且蓝师父要求他们必须剃成光头。如此一个身强力壮的拳师,居然被人下毒害死,真是奇耻大辱——只有懦夫才会使出如此卑鄙的手段。”

众人默无一语。陶干缓缓捻着左颊上的三根长毫,忽然开口说道:“懦夫的手段,或者是女人的手段!”

“蓝师父从来不近女色。”朱大元轻蔑地回了一句,陶干却摇头又道:“没准这正是他被害的原因哩。蓝师父可能断然回绝了某个女子,使得那女人十分怨毒。”

“这种事我倒是颇有耳闻,有不少歌伎舞姬都对我抱怨过蓝大哥从不搭理她们。”马荣附和道,“他这人向来非常自重自持,这一点似乎很是吸引女人,到底是何缘故,只有老天爷才会晓得。”

“胡说八道!”朱大元怒道。

狄公默默聆听半日，此时开口说道：“须得说我也想过这一点，一个身材纤弱的女子想要扮成突厥少年，倒也并非难事。然而果真如此的话，则此女必定曾是蓝师父的情人，因为当她进入浴房时，蓝师父并无稍稍遮掩一下的意思，浴巾都还悬在架上从未动过。”

“绝不可能!”朱大元叫道，“蓝师父有一个情人！简直岂有此理!”

“我倒是想起一件事来，”乔泰徐徐说道，“昨日我与马荣同去蓝大哥家时，他居然发了几句有关女人的牢骚，大意是女人会吸去男子的元气。只因他平时说话总是十分温和，因此令我颇觉意外。”

朱大元恼怒地咕哝几句。狄公从抽斗里取出一副陶干手制的七巧板来，拿出其中六片，拼成在浴房石桌上见过的形状，试图加上最后一片使其完整，摆弄半晌后说道：“如果蓝师父当真是被一个女人所害，这图形便可能含有与之相关的线索。但他倒地时弄乱了形状，并且还没放上最后一片，便已毒发身亡，因此很难猜透。”

狄公将七巧板收起，又道：“无论如何，这头一桩公务便是查访蓝师父生前认识的所有熟人。朱员外，此事还请你与马荣乔泰陶干一起商议如何分工，以便各人立即着手去办。洪都头，烦你跑一趟廛市，询问其他两个后生那突厥青年到底样貌如何。你要是和和气气与之交谈，或者再一起吃上几杯酒，他们许是会道出更多详情来，马荣那里自有其姓名住处。出门时顺便叫郭掌柜到二堂来，我想再问他几句有关毒药的事。”

朱大元与四名亲随退下后，狄公慢慢饮了几杯茶，独自沉思良久。叶泰去向不明一事着实令人担忧，莫非这无赖疑心官府正在追踪他不成？狄公想到此处，起身在室内来回踱步。潘叶氏被杀一案尚未勘破，如今蓝道魁又被人毒死，若是能先了结廖小姐一案，至少也可长出一口气。

一时郭掌柜进来，狄公寒暄几句，重又走回书案后坐下，示意郭掌柜也在长凳上落座，随后说道：“身为药房掌柜，你无疑知道凶手如何能弄到这毒药。此药想必十分罕见吧。”

郭掌柜撩开额前的一绺散发，又将两只大手放在膝头，说道：“回老爷，可惜并非如此。少量的蛇根木粉可用于活血，因此几乎所有药店都有售卖，轻易便可弄到。”

狄公叹息一声：“看来从这里是无迹可寻。”说罢将七巧板摆在案上随手拨弄，又道：“或许此物倒能提供一条线索。”

狄县令面会郭掌柜

郭掌柜黯然摇头，说道："回老爷，我看却是未必。这药毒性发作后会引起剧痛，不消片刻人就没命了。"

"不过蓝师父却并非等闲之辈，不但意志力极强，且又长于此术。"狄公沉思道，"他心知自己不能开门叫人，便试图以这种方式留下线索来揭露凶手。"

"他擅长拼七巧板倒是实情。"郭掌柜说道，"他来我家时，也经常以此为戏，一转念便能拼出各种东西来，令我们夫妻十分开怀。"

"我实在看不出这到底像是什么。"狄公说道。

"老爷，蓝师父向来宅心仁厚，"郭掌柜思绪未已，又絮絮说道，"他得知廛市里有些无赖对我推推搡搡、捉弄欺辱，于是煞费苦心专门设计出一套拳法来，正适合如我这般两腿虚弱但手臂有力之人，然后又耐心传授指点，从此便没人再敢来招惹我了。"

狄公正在一心摆弄七巧板，似是听而不闻，忽然发觉竟拼出一只猫的形状来。

狄公将板面迅速打乱，心里默念着毒药、茉莉花、猫……实在看不出这其间有何关联，抬头见郭掌柜一脸惊诧，为了掩饰自己的失态，连忙说道：“适才忽然想起了一桩怪事，昨晚我偶遇一个迷路的小姑娘，将她送回家中，她的母亲是个寡妇，脾气极坏，居然将我辱骂了一顿。孩子倒是天真无邪、口无遮拦，从她的话中，我听出那寡妇必是有了情人，且私下秘密来往。”

“那妇人姓甚名谁?”郭掌柜好奇地问道。

“说是姓陆，如今正开着一家布店。”

郭掌柜直坐起来，冲口说道：“回老爷，那可是个少有的泼妇！五个月前，我曾与她打过几次交道，皆因其夫突然身亡，且死得颇有些蹊跷。”

狄公脑中犹自回想着方才拼出的猫形，还有蓝道魁经常去郭掌柜家一事，于是心不在焉地随口问道：“有何蹊跷之处?”

郭掌柜犹豫片刻，方才答道：“对于此事，老爷的前任处置得未免有些草率，不过当时正赶上突厥牧民袭击北军，大批难民涌入城中，县令大人忙得不可开交，故此不想为一个心病猝发而死的棉布商多花工夫，也在情理之中。”

“为何他非得如此行事?”狄公问道，心中暗谢郭掌柜转移了话题，“验尸总会发现疑点。”

郭掌柜面色阴郁地说道：“问题便是根本没有验过尸，老爷。”

狄公立时提起神来，靠坐在椅背上，断然说道：“你且说说到底怎么回事。”

“那天午后，陈氏与当地有名的匡大夫同来县衙。”郭掌柜叙道，“据那匡大夫道是棉布商陆明午饭时叫嚷头痛，于是上床躺下，过不多久，其妻听见他一阵呻吟，进去看时，发现人已断了气。陈氏找匡大夫去查验尸身，并说陆明时常抱怨心悸乏力。匡大夫又问陆明午饭吃过什么，陈氏答曰吃得很少，却为了止头痛而喝下两壶酒。于是匡大夫写下尸格，断定陆明死于由饮酒过量引起的心病猝发，前任县令老爷听过后，便依言存案。”

郭掌柜说罢，见狄公默无一语，便又接着叙道：“我正巧与陆明的兄弟相识，据他说当日帮忙更换寿衣时，留意到死者面色未变，但两眼却从眼窝中凸了出来。我心想这似是后脑遭过重击的体征，便找那陈氏询问详情，不料她竟又喊又叫，还骂我多管闲事。我又不揣冒昧将此事报与县令大人，大人却道是他对匡大夫写下的尸格十分满意，认为无须再做尸检，于是就此搁下不提。”

“你可与那匡大夫谈过？”狄公问道。

“我也曾试过几次，奈何他有意回避，终是未果。”郭掌柜答道，“当时又有传言，道是匡大夫与巫术有涉，他便混入难民丛中出城南下，从此不知去向。”

狄公缓缓捋着长髯，半晌说道：“听去确实十分可疑！莫非此地还有人信奉巫术不成？依照律法，这可是要杀头的罪名。”

郭掌柜耸耸肩头，“北州的不少人家都混有突厥血统，想来很可能仍旧操弄突厥人的秘密巫术。有人坚称他们能够杀人于无形，或是诵念咒语，或是将纸人焚烧，或是剪掉纸人的头颅；还有些人据说同时精通道教法术，可以通过与女巫或女妖交媾而延年益寿。凡此种种，在我听来只是蛮族邪说而已，纯属无稽之谈，但是蓝师父对此却很有研究，还亲口讲过这些说法自有其根据，并非全是空穴来风。”

“孔夫子特意警示曰理应敬鬼神而远之，”狄公不耐烦地说道，“像蓝道魁那般睿智之人，绝想不到竟会把时间浪费在如此古怪的癖好上。”

“他这人兴趣十分广泛，老爷。”郭掌柜怯怯说道。

“且罢，你适才关于陈氏的一番言语，听去值得深思，”狄公又道，“本县很快便会召她前来，询问有关陆明之死的详情。”说罢拿起一份公文。郭掌柜连忙施礼退下。

第十二回

狄县令独上药坡岭　陆寡妇坚拒官府召

郭掌柜刚刚掩上房门，狄公便将公文撂在案上，抱臂沉思良久，只觉脑中纷乱如麻，试图理出个头绪来，却终是无果，心想不如出去稍稍走动一二，许是会有助于提神醒脑，于是起身换过猎服，又命马夫将心爱的坐骑牵来，蹬鞍上马，出门而去。

狄公先是绕着旧校场遛了几圈，随即拐上大街，穿过北门出城，一路让马儿踩着积雪缓缓前行。官道直通向远处广袤银白的大漠，天上铅云密布，看似又要落雪。

右边有两块大石，标志着通往药坡的入口处。狄公决意上去走一遭，过后再回县衙，于是沿着小径直走到陡峭难行处方才下马，在马背上轻拍几下，将缰绳系在一截枯树桩上。

狄公正要攀爬时，忽见雪地里有一串刚刚踩出的小巧足印，一时竟蓦然止步、犹豫不前，到底耸耸肩头，仍旧朝上走去。

崖顶一片空旷，只有一棵梅树傲然挺立，枝干呈深黑色，上面密布着细小的淡红花蕾。崖边立有一道木栏，尽头处却见一个身穿灰皮斗篷的女子，正手持小铲在雪中挖掘，听到脚步声直起身来，一见是狄公，连忙将小铲搁在脚边的竹篮里，款款躬身下拜。

“想必你正在采集月草。”狄公开口说道。

郭夫人闻言点头，毛皮兜帽衬得一张俏脸愈发妩媚动人，微微笑道：“回老爷，可惜今天并不走运，只采到了这么一点点!”说着抬手指向竹篮中的一小束药草。

“我来这里为了稍稍舒活腿脚。”狄公说道，“蓝师父被害一案，令我心情尤为沉重，顺便也想清醒一下头脑。”

郭夫人面色骤然黯淡，裹紧身上的斗篷，低声说道：“实在难以置信，他那人是何等健壮有力。”

“即使最为健壮之人，也敌不过毒药。”狄公淡淡说道，“我已有了关于凶手的切实线索。”

郭夫人睁大两眼，难得出声说道：“敢问老爷，下毒的男子究竟是谁?”

“我并没说就是男子。”狄公迅速回道。

郭夫人缓缓摇头，坚决地说道：“定是男子无疑。蓝师父是外子的好友，因此我也时常与他谋面。他待人向来温和有礼，对我亦是如此，不过仍可觉出他对女人的态度，却是……却是有所不同。”

“此话怎讲?”狄公问道。

“嗯,”郭夫人幽幽说道,“他看去似是……对女人毫不在意。”说罢颊上飞起两朵红晕，垂头不语。

狄公只觉困窘难言，于是踱至木栏边低头望去，一看之下，不由得退后两步。只见山崖直直下去，足有五六丈深，崖底遍布着犬牙般尖利的大石，棱角参差，在雪中森然毕现。

狄公极目远望前方平旷的大漠，一时竟至语塞。心中在意另一个人……这念头不知为何令他心神缭乱，忽而转身问道:“当日在贵宅中见到好几只猫，不知是郭掌柜还是郭夫人的喜好?”

“回老爷，我们夫妇二人都喜欢猫。”郭夫人徐徐答道,“外子见不得小动物受到伤害，常将病猫或流浪的野猫抱回家来，我便会加以照料，如今家中已经有大大小小七只猫了。”

狄公心不在焉地点点头，目光落到梅树上，又道:“那棵树及到花开之时，一定十分美丽。”

“一点不错,”郭夫人欣然应道,“如今花期将近，随时都可能盛开。有首诗里曾经写过……大意是你能听见花瓣落在雪地上的声音……”

狄公知道那首古诗，口中却只说道："我记得几句描写那般情景。好吧，郭夫人，此刻我非得回衙不可了。"

郭夫人躬身再拜，狄公转身下山而去。

狄公回到衙中，吃着简单的午饭，脑子里仍兀自回想与郭掌柜的一番言语，待衙吏进来送茶时，便吩咐他去将班头叫来。

"你这就去城隍庙附近的陆记棉布庄，带那姓陆的寡妇到衙院来，"狄公对班头命道，"我有几件事想要问她一问。"

班头领命而去。狄公慢慢啜饮着热茶，心想目前正悬着两桩人命案子未了，重又翻出陆明之死来，或许十分不妥，不免有些失悔，但是郭掌柜的一席话，着实令人颇为触动，纵然有其他诸多疑难萦绕心头，终是无法搁下不提。

狄公躺在长榻上，想要小睡一阵，却是难以入眠，翻来覆去一力回想着有关落梅一诗的全章，忽然记起原是二百年前一位诗人所作，题为《年夜闺情》：

孤禽鸣寒寂，无语益凄凉。
忆昔心恻恻，欢去恨留长。
新情抚旧痛，年夜梅吐芳。

窗前疏影动，花落遗轻响。

这诗并非十分脍炙人口，郭夫人可能在哪里只见过最后两句而已，或者她当真读过全篇，有意提起不成？狄公紧皱眉头，翻身坐起，自己一向只爱读说理诗，对情诗从来不屑一顾，如今却发现此篇中，似乎别有一种以前未曾觉察的深意存焉。

狄公心中着恼，起身行至茶炉边，用热手巾揩揩脸面，然后坐在书案后方，埋头读起主簿送上的官府信函来，正读得专心时，班头推门走入。

狄公见班头一脸不悦，开口问道："出了何事？"

班头揪一揪胡须，局促不安地回禀道："实话对老爷说，那陆寡妇拒不跟小人前来县衙。"

"什么？"狄公吃了一惊，"这妇人简直岂有此理！"

"她说我没带着差票[1]，因此不肯前来。"班头懊悔说道，见老爷勃然欲怒，连忙接着禀道，"她对我斥骂不休，闹出老大的动静，引得街坊四邻都来围观，还叫嚣曰国有国法，若是没有正当理由，县衙无权传唤一个正派良家妇人到堂。小人想要将她拖走，她竟然仗着众人袒护，与我动手厮打起来，因此我想最好还是回来跟老

[1] 旧时地方官派差役传人的凭证。

爷讨个示下。”

“她若是想要差票的话，给她一张就是！”狄公怒道，随即提笔迅速书成并掷与班头，“带上四名衙役同去，务必将那妇人提来！”

班头领命后匆匆离去。

狄公在二堂中来回踱步，不意这陆寡妇竟是如此刁蛮泼悍！转念想起自己的几房夫人来，不禁深感庆幸。狄公之父原有一生平至交，后来两家结为姻亲，大夫人便是对方家中长女，德才兼备，素养极佳，婚后夫妻琴瑟和谐、志趣相投，生育的二子更是为家中平添了无限乐趣，对于狄公而言，这一桩美满姻缘向来是公务繁忙之中的极大慰藉。二夫人虽非饱读诗书，却是容貌清秀、通情达理，并将家中一应事务料理得井井有序，生下一女，亦是性格沉稳、大有母风。三夫人本是个俊俏活泼的年轻女子，当年狄公远赴蓬莱首任地方县令时，适逢她横遭不幸，又被家人抛弃[1]，于是暂时收留宅中，充作大夫人的女伴，不想大夫人对她十分喜爱，不久便催促夫君珠玉自取。狄公起初一力拒绝，只因不愿落难少女仅仅出于感激之心而以身相许。然而当她表露出确实怀有爱慕之意时，

[1] 见《黄金集》第十五回。——原注

狄公便听从了大夫人的安排，并且从未萌生过一丝悔意。自家最爱的消遣便是抹骨牌为戏，如今四方俱全、凑齐一桌，真可谓不亦乐乎。

狄公忽又想起北州偏僻荒凉，夫人们在此地的生活定是十分枯燥乏味，眼看新春将至，一定得为她们挑选几件像样的礼品才是。

狄公走到门口，叫住一名衙吏，问道："马荣陶干他们几个可曾回来?"

"没有，老爷，"衙吏回道，"他们先是在公廨中与朱员外长谈许久，然后便一齐出门去了。"

"叫马夫牵我的坐骑来!"狄公命道，心想既然几名亲随正在调查蓝道魁一案，自己不妨去潘丰家中瞧瞧，途中经过叶家纸坊时，还可顺便打问叶泰有否归家。此人迟迟不见露面，很可能正在酝酿新的阴谋，这令人不安的念头总是挥之不去。

第十三回

赴城南狄公入宅院　叙前事潘丰讲漆毒

狄公在叶家纸坊前收缰勒马，对站在门口的伙计大声道是要见叶宾一面。

一时叶宾急急奔出，恭请老爷进去喝茶稍歇，狄公却并未下马，只问叶泰可否归家。

“还是没见他回来，老爷!”叶宾忧心说道，“小民已派了伙计到他常去的饭铺赌馆中打问，都说不曾见过，着实令我放心不下，生怕他遭遇了什么不测。”

“若是叶泰今晚仍不露面，本县便将他的身形样貌写成文告，发给军中巡兵。”狄公说道，“不过你那兄弟即使遭遇劫匪或无赖，看去倒也不会轻易吃亏，故此无须过分担忧。今日晚间再来报知与我。”

狄公驱马疾行，直奔潘宅而去，行至城东南时，再次惊诧于此处的偏僻清冷。虽是将近晚饭时分，街上仍然不见行人走动 。

狄公在潘家院门前甩镫下马，将缰绳系在墙上的铁环中，手持长鞭手柄，在门板上用力叩了半日，方才见主人露面。

潘丰忽见县令老爷驾临，自是吃惊不小，连忙肃客入宅，又为厅堂内未曾生火而致歉不迭，并说道："小民这就去店铺中将火盆端来！"

"无须烦劳，"狄公说道，"你我移步去那边说话即可，我一向喜爱观看各类工场作坊。"

"只是里面实在凌乱不堪！"潘丰叫道，"小民正在着手整理那些坛坛罐罐哩！"

"不必多虑，前面带路便是。"狄公断然说道。

狄公走入古董铺内，这间小小的斗室如今看去更像是堆放杂物之处，地上有两只大箱，里面摆着大大小小许多瓷瓶，桌上散放着书册、纸盒与包裹等物。然而铜盆中的炭火烧得正热，甚是温暖舒适。

潘丰助狄公脱去厚皮袍，请老爷在火盆边的条凳上坐定，又急忙奔去灶房中沏茶。狄公好奇地打量着横在桌上的一柄大砍刀，刀下垫有一块油布，显见得自己方才叩门时，潘丰正在清理此物。狄公又看见桌旁摆着一个四方之物，上面蒙有湿布，正想上前揭起时，适逢潘丰从灶房中转回，见此情形，连忙叫道："千万动不得！"

狄公吃惊地看他一眼，潘丰忙又解释道："回老爷，小民给这张几案重又上了一遍漆，在干透之前，切不可徒手触摸，否则皮肤会伤得很重。”

狄公依稀记起曾听人说过沾了漆毒会十分疼痛，当潘丰往杯中斟茶时，开口又道：“这柄大刀看去倒十分精美!”

潘丰将刀从鞘内抽出，用拇指小心试试刀锋，“确是如此。这是一件五百多年前的古董，曾经在庙堂祭祀时用来宰牛，如今刀刃依然十分锋利。”

狄公呷了几口热茶，发觉宅内十分寂静，竟至听不到一点声响。

“有一事虽然难以启齿，但是本县非得问你不可，”狄公忽然开口说道，“杀害令内的凶手分明事先知道你将要离家出城，定是令内亲口道出。你可曾发觉她有与人私通的迹象?”

潘丰面如死灰，窘迫地望了狄公一眼，郁郁答道：“小民不得不说，这一个多月里，确实觉得贱内对我的态度有异，虽然很难付诸言语，不过……”

潘丰犹豫半晌，见狄公未置一辞，便又接着说道：“我并不想无根无据妄加指责，不过总觉得叶泰与此事不无干系。我不在家时，他常来探望贱内。不瞒老爷说，贱内倒也薄有几分姿色，我总疑心叶泰撺掇她离我而去，然后再转手将她卖与大家富户为妾。贱内性喜奢华，而我又无力为她购置什么贵重之物，并且……”

“一对镶着红宝石的金手镯，居然还不算贵重。”狄公淡淡说道。

“金手镯?”潘丰惊叫道，“老爷一定是弄错了！贱内只有一枚银指环而已，还是她婶婶给的。”

狄公霍然立起，厉声说道：“潘丰，休想骗过我去！令内明明有一对分量不轻的金手镯与几支纯金发簪，此事你我皆知，何必隐瞒。”

“哪有这事，老爷!”潘丰情急叫道，“贱内从无此物!”

“你且过来，”狄公冷冷说道，“待我寻出来与你瞧瞧。”

狄公走入卧房，潘丰紧随其后。狄公伸手一指衣箱，命道：“打开最上头那只，首饰就在里面!”

潘丰依言掀开箱盖，狄公见其中凌乱地塞着半箱妇人衣物，明明记得当日陶干查看过后，是整整齐齐叠放在里面的。

潘丰将衣裙一件件取出堆在地上，狄公从旁仔细看觑。转眼箱内已空，潘丰释然说道：“老爷请看，果然没有首饰!”

“且让我来。”狄公说着将潘丰推到一旁，弯腰打开箱底夹层，里面果然空空如也。

狄公站直起来，厉声说道：“潘丰，你如此行事可是不大聪明，藏起那些首饰根本于事无补，还不快说实话！”

“老爷，小民起个誓，从来不知这衣箱中居然还有夹层。”潘丰急急说道。

狄公立在地上思忖半晌，缓缓打量四周，忽然疾趋至左窗前，伸手摇撼一根看似弯折过的铁栅，结果立时断作两截，再细看其他铁条，发现已被悉数锯断，于是将其小心放回原处。

“你不在家时，曾有贼人进来过。”狄公说道。

“但是小民从县衙回来时，发现家中的银钱一文不少。”潘丰吃惊地说道。

“那些衣物你看过没有？”狄公问道，“当日查案时，我记得箱中还是满满的，你去看看有没有失踪不见的衣物。”

潘丰在一堆裙袄中翻找半日，说道：“回老爷，果然有两件值钱的锦袍不见了，内面挂有黑色衬里，是贱内当日出阁时她婶婶送的贺礼。”

狄公缓缓点头，环顾四周，说道：“似乎还有一样东西也不见了，让我想想……对了，就是放在那边墙角处的朱漆小几。”

“对对，”潘丰说道，“正是小民刚刚刷过漆的那一张。”

狄公手捻颊须，静立沉思半晌，脑中渐渐浮出一套成型的推想，以前居然未曾识破这一层，真是愚不可及！关于首饰的线索其实一直就摆在眼前，凶手自始便露出了极大的破绽，只是自己从未注意到而已！如今总算事事都合了榫。

狄公回过神来，见潘丰正站在一旁紧张观望，于是说道：“本县相信你说的俱是实情，如今且回店铺去吧。”

潘丰先戴上一副手套，然后将蒙在桌上的湿布小心揭起，狄公呷着热茶从旁看觑。

“这便是老爷适才说过的朱漆小几，”潘丰说道，“端的是件上好的古董，但我仍须再刷一遍漆。当日离家去五羊村之前，我将此物放在卧房的墙角里风干，不料今早查看时，发现桌面上有一大片污斑，定是曾经被人不慎碰过，于是便又刷了一回。”

狄公放下茶杯，问道：“会不会是令内动过？”

“回老爷，她可不会！”潘丰说着微微一笑，“小民跟她说过多次有关漆毒的事，她很知道沾上有多厉害！就在上个月，开棉布庄的陆太太就染了漆毒，手掌肿胀生疮，前来问我应当如何医治，我便告诉她说……”

“你又是如何认识她的?”狄公插话问道。

“小民以前住在城西时，曾与她家比邻而居，那时她还是个小姑娘哩，”潘丰说道，“自从出嫁后就再没见过了。倒不是我有心关切，其实我对她家的女人从无好感。陆太太的父亲以经商为业，为人正派，但是其母却是突厥后裔，且又沉迷于巫术，生下一个女儿，竟也同有此癖，常在灶房里炮制些稀奇古怪的药水，有时还胡言乱语，如同魂灵出窍一般。她分明是知道我已搬了家，专门跑来询问有关疗毒一事，并且道是其夫陆明已经亡故。”

“听去着实有趣，”狄公说罢，怜悯地望了潘丰一眼，又道，“至于凶手是谁，如今我已心中有数，不过那人是个危险的疯子，非得小心对付不可。你今晚就待在家中，将卧房的窗户用木条封起，并将大门锁好，明天自有分晓。”

潘丰直听得目瞪口呆，狄公不等他开口发问，谢过热茶后起身辞去。

第十四回

抗令不从被拘到案　出言无礼受笞在堂

狄公回到县衙，见马荣乔泰陶干正在二堂内等候，一看三人愁眉苦脸，便心知收获无多。

“朱大元出的主意倒是极好，只可惜我们却没能发现什么新线索。”马荣郁郁说道，“他不但自告奋勇与乔泰同去当地头面人物中打听消息，还将蓝大哥所有徒弟的名字都写在这张纸上，不过似乎也指望不大。”说罢从袖中抽出一个纸卷呈上。狄公伸手接过，低头看视时，只听马荣又道：“我与陶干和洪都头同去蓝大哥的住处查过，也是一无所获，甚至没能发现他与任何人有过什么麻烦。他有个得力副手，名叫梅诚，为人十分和善，这后生倒是对我们说起了一桩事，没准有些用处。”

狄公心神恍惚，仍然一力寻思在潘家的惊人发现，听到此处直坐起来，急急问道：“却是何事？”

马荣说道：“梅诚道是有天晚上，偶然折回师傅家中时，听见他在与一个女人说话。”

“那女人是谁?”狄公屏息问道。

马荣耸耸肩膀，答道：“梅诚并未看见脸面，只在门外隐约听见一句半句而已，也没听清那女人到底讲些什么，只觉得似是怒气冲冲。这后生向来忠厚老实，不愿暗地里偷听人家说话，于是便拔脚走开了。”

“不过由此可证，蓝道魁确实与一个女人关系不浅。”陶干兴奋说道。

狄公未置一辞，转而问道：“洪都头在哪里?”

“在蓝大哥家查看过后，洪都头便去廛市中找那两个后生问话，道是晚饭时候回来。乔泰先将朱大元送至宅中，然后折回蓝家与我们汇合。”

这时只听三声锣响，声震衙院内外。

狄公皱眉说道：“晚衙即将开堂，我已派人召那陆寡妇前来问几句话，只因其夫死得颇为可疑，但愿除此以外别无他事。今日午后，我在潘丰家中发现了一件要紧事，很可能会就此破解潘家的杀人案。”

三名亲信连连发问，却被狄公抬手止住。“待到退堂后，等洪都头回来，我自会细细讲与你们几个。”说罢起身，由陶干从旁襄助迅速换过官服。

堂下又是人满为患，人人都急于听到有关蓝道魁被害一案的最新消息。

狄公宣布升堂后，先是申明关于蓝大师一案的勘查颇有进境，官府业已掌握了不少重要线索，然后又发签命狱吏提人，一时郭夫人带着陈氏走出，众人见状一阵哗然。班头将陈氏引至案桌前，郭夫人就此退下。

狄公见那陈氏显然精心梳妆打扮了一番，薄施脂粉，描眉画黛，身穿一件样式简朴的深褐色棉袍，看去光彩照人，然而饶是粉黛鲜妍，却仍掩饰不住唇边那几道流露出残酷意味的纹路。在跪地之前，她飞快地瞥了狄公一眼，神情未见有异，似是从未见过堂上端坐之人。

"报上你的姓名、生业！"狄公喝道。

"小妇人乃是寡妇陆陈氏，"陈氏拿腔拿调地回道，"先夫陆明遗下一爿棉布庄，如今以此为业。"

书办依例记录后，狄公说道："本县召你上堂，皆因关于陆明之死，尚有几处小小的疑问需要澄清。既然你不肯主动前来，只好出票提人到衙。"

"拙夫死后的一应事宜，"陈氏冷冷说道，"早由前任县令老爷一手处置过，并已登记在案，那时老爷还未曾驾临本地哩，小妇人实在看不出有何根据非得旧事重提，起码就我所知，从没任何人指责过我一星半点。"

狄公心想这真是一个富于心机又牙尖嘴利的妇人，于是断然说道："县衙仵作关于陆明的病状有几点评议，故此本县认为有必要查证一二。”

陈氏霍然立起，半转过身朝着堂下众人，大声叫道：“一个不满五尺高的驼子怎可平白毁人清誉？谁不知道外相歪瓜裂枣之人，内里往往也是阴暗歹毒。”

狄公一拍惊堂木，怒喝道：“大胆泼妇，不许你辱骂官府公差！”

“好一个官府衙门！”陈氏轻蔑地说道，“身为堂堂县令，为何你要趁着黑天半夜，乔装改扮跑到我家门口？被我拒之门外后，转天又无凭无据派人私下相召，究竟是何居心？”

狄公气得面色煞白，努力自持后徐徐命道：“此妇藐视公堂，依律当罚鞭笞五十。”

堂下人群中响起一阵低语，显见得颇有微词。班头疾步上前，揪住陈氏的头发，将她按倒跪地，两名衙役将其外袍和中衣扯落到腰间，露出上身，又有两名衙役站在左右两边，分别用脚踩在她小腿肚上，并将两手捆在背后。班头挥起长鞭，开始行刑。

抽过几鞭后，陈氏尖叫道：“你这狗官！只因自己行为不检，被一个正派妇人奚落几句，就恼羞成怒、以此泄愤！你……”

鞭子不断落在赤裸的背脊上，陈氏痛得长声惨呼，顾

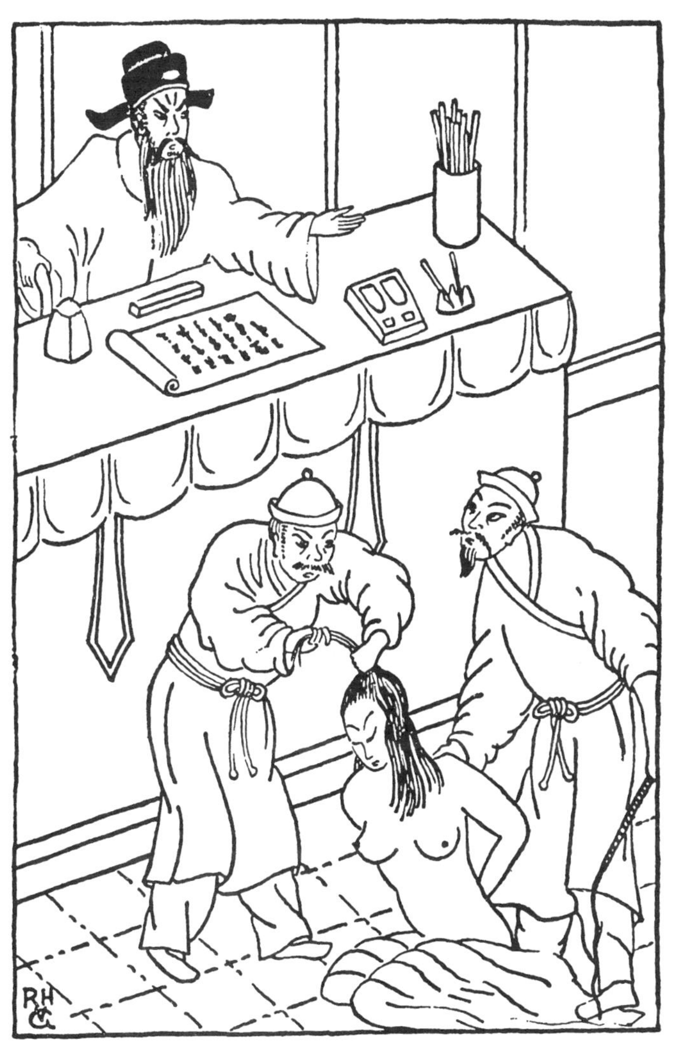

出言无礼受笞在堂

不上出口叱骂。班头抽完十记，停下数竹签时，只听她又高声叫道："蓝大师被人害了性命，这狗官不说抓紧办案，却一心只想勾引良家妇女，真是……"

鞭声再度响起，继以惨叫连连。班头数到二十暂停时，陈氏已说不出话来，又挨了五鞭后，终于一头栽倒在地。

狄公示意一下，班头提起陈氏的头来，并将一碗热醋置于她的鼻下。过了半晌，陈氏终于睁开两眼，却浑身瘫软无法坐起，于是班头只得扶着她的肩膀，另有一名衙役从旁揪着乱发将头拽起。

狄公冷冷宣道："陆陈氏听好，你藐视公堂，先受过一半刑罚，明日上堂再接着问话，至于是否接着吃那下剩的二十五鞭，全看你自己如何行事。"

此时郭夫人上来，与三名衙役一齐将陈氏架回牢中。

狄公正欲拍案退堂，却见一个老农走上前来，絮絮叨叨说了一大篇话，皆是乡音土语，令人十分费解。狄公听了半日方才弄清原委，却是此人在外边街角处，不慎撞到一个卖糕饼的小贩，整整一盘糕饼全掉在地上，老农表示愿意照价赔偿五十块，因为盘中看去大约有这么多，但那小贩却坚称共有一百块，非得索要双倍的赔金不可。

这时小贩也跪在堂下，一口土话愈发难懂，发誓赌咒说至少有一百块，并指责老农是骗子无赖。

狄公只觉十分疲累，努力整顿全神，听完这一场争执，命衙役去外面将掉在地上的糕饼统统拣起，再从街边货摊上另拿一块完整的糕饼，又命主簿去取一杆秤来。

二人领命离去后，狄公靠坐在椅背上，心想这陆陈氏竟如此放肆泼悍，唯一的解释便是其夫果然死得可疑。

一时衙役带着包在油纸内的碎糕饼回来，狄公将纸包放在秤上，结果是二斤四两，然后又称那块新糕，却是半两左右。

“将这扯谎的小贩打二十板子!”狄公厌烦地对班头命道。

堂下响起几声喝彩，众人果然爱看这当堂智断的一幕。

小贩受过罚后，狄公宣布退堂。

狄公回到二堂中，揩揩前额的湿汗，在地上团团疾走，作色怒道:“我当了十二年县令，也曾对付过不少难缠的妇人女子，却还从未见过如此刁泼之辈！竟然抓住我送她女儿回家一事肆意诬蔑，简直卑劣至极!”

“那泼妇既然一派胡言，老爷为何不当场驳斥?”马荣愤愤说道。

“再议论下去，只会越抹越黑，”狄公疲倦地说道，

"毕竟我昨晚确是乔装改扮而去。那妇人颇多心计，知道如何博得众人同情。"说罢恼怒地揪揪长髯。

"依我看来，她的心计还是不够多，"陶干沉思道，"若是采取上策，则应当心平气和、有问必答，再搬出匡大夫的尸格为证即可。她应该想到闹出这许多动静来，只会使得我们更加疑心她真有杀夫之嫌。"

"她并不在意我们如何疑心，"狄公苦涩地说道，"只想竭力阻止对陆明之死的翻案调查，或许真是心中有鬼。此事对她而言，可谓是任重道远，今天算是先下一程。"

"办理此案，我们须得万分谨慎。"乔泰议论道。

"一点不错！"狄公说道。

这时忽见班头闯入，急急说道："启禀老爷，刚才有个鞋匠前来县衙，说是替洪都头送一个要紧的口信！"

第十五回

访证人独自赴廛市　遇疑犯紧随入酒楼

洪亮在廛市中四处漫视逡巡，不觉已是薄暮时分，心想不如转回衙院。

适才他已耐心盘问过那两个前去浴堂的后生，却是所获甚微，比起狄公当日问过的另一个来，这二人没能再说出更多，只道是突厥青年看去也就平常，唯一引人注意的是面色苍白，且未见有露出一绺头发。听到此处，洪亮心想没准是前日那人误将头巾的一角认作乱发也未可知。

洪亮行至一家药铺前，见柜台上摆有几只盘碟，其中盛着奇形怪状的植根与风干的小兽，于是凑上前去看觑辨识。

一个高大汉子从旁经过。洪亮一回头，只见那人肩宽背阔，头戴一顶尖尖的黑风帽。

洪亮立时跟将上去，从一群闲汉当中费力挤出，正瞥见那人拐过街角消失不见，于是又一路追赶，却见他立在一家首饰店的柜前，吩咐了几句之后，掌柜便捧出一盘晶莹闪亮的珠宝来，供其赏鉴。

洪亮悄悄朝前靠去，极想窥视一眼那人的脸孔，奈何却被黑风帽遮得严严实实，又瞧见首饰店旁有个饭摊，便走上前去要了一碗面条，小贩手持长杓舀面时，洪亮始终紧紧盯住那大汉，不巧又有二人过去与掌柜攀谈并挡住了视线，只能看见那大汉戴着手套的两手，似是对着一只盛有红宝石的玻璃碗细看半日，然后扯下一只手套，从碗中拈出一颗宝石置于右掌中，伸出食指轻轻摩挲。这时挡在前面的二人移步走开，却见那大汉兀自低头立在原地，只是仍旧无法看清脸面。

洪亮心急如焚，对着面碗一口也吃不下去，又见掌柜指天划地，口中滔滔不绝，显见得正在讨价还价，奈何身旁的一众吃客语声嘈杂，饶是竖起两耳，却仍听不见那边的二人都说了些甚。洪亮埋头夹了一筷子迅速送入口中，抬眼再看时，却见掌柜耸耸肩膀，将一点细小之物用纸包起并递上，那大汉伸手接过，旋即转身消失在人群中。

洪亮见此情形，忙将吃了一半的饭碗撂下，疾步紧追过去。

“这位老爷子，莫非我做的面你吃着不合口？”小贩不满地嚷道，但是洪亮并未听见，只顾一路盯梢，又眼看那大汉走进一家酒肆。

洪亮稍稍松了一口气，停住脚步仰头望去，只见老旧蒙尘的招牌早已斑驳褪色，半日方才认出上书“春风”两个大字，又转头朝过往路人看觑，意欲从中觅到一二相识者，满眼却只是苦力与小贩，忽然瞧见一个打过几回交道的鞋匠，连忙上去一把扯住衣袖。

那人正要发怒，认出是洪亮，便咧嘴笑道：“洪都头一向可好？小民几时为你做一双过冬的皮靴如何？”

洪亮将鞋匠拽到路边，从袖中取出用来装名帖的旧锦匣，还有一锭银子，低声说道：“你且听好，烦劳你赶快跑去县衙求见狄老爷，告诉守卫说替我捎个要紧的口信，并以这锦匣为证。见到狄老爷时，就说让他赶紧带上三名亲随，到那边的酒肆中去捉拿一个搜寻多时的凶犯。这一锭银子算是给你的酬谢！”

鞋匠一见银锭，不由得睁大两眼，正要满口道谢时，洪亮催促道：“快去！越快越好！”说罢转身朝酒肆走去。

店内的大堂倒是颇为轩敞，约有五六十个客人，正三五成群围坐在桌旁，饮着廉价水酒高声喧哗，一个面色阴郁的伙计手举托盘来回穿梭，点亮的油灯散发出气味浓重的烟雾。

洪亮迅速环视左右，却未见有人戴着黑风帽，正在酒桌之间穿行走动时，忽然瞥见店堂后方有一扇小门，门旁的角落里摆着一张小桌，一个头戴风帽的男子正背对大堂坐在那边。

洪亮望见桌上的酒壶与那扇窄门，不由心中一沉，深知在这类下等酒肆中，来客必须即时付账，那大汉想要离去的话，随时可以拔脚就走，因此非得在老爷赶来之前，想尽办法拖住他不可。

洪亮径直走上前去，伸手在那大汉肩上一拍。大汉正在赏鉴两颗红宝石，一惊之下回过头来，失手将红宝石掉在地上。

洪亮认出了眼前之人，立时面色煞白，脱口问道："你来此处做甚?"

那大汉朝左右迅速张望一下，见没人留意这厢，便举起食指放在唇边示意，又低声说道："你且坐下，容我细细说来!"又从旁拉过一张板凳来让洪亮落座。

"如今你可仔细听好了!"大汉口中说着，倾身朝前靠近洪亮，右手从袖中抽出一把细长的匕首，猛然刺入洪亮的前胸。

洪亮双目圆睁，想要叫喊出声，口中却涌出一股鲜血，半身合仆在桌上，不住咳喘呻吟。

大汉从旁漠然观望，同时留神打量四周，仍是无人注意这大堂一角。

洪亮动了动右手，手指颤颤在桌上的血泊中写下一个姓氏，然后浑身一阵抽搐，从此再无动静。

那大汉冷笑一声，不屑地抹去了字迹，又在洪亮的肩头处揩净手上的鲜血，再次朝四下迅速打量一眼，起身从后门离去。

狄公与马荣乔泰陶干奔入春风酒肆所在的大街，见门前彩灯下聚集着一大群百姓，正在议论纷纷、躁动不已，心中不禁猛地一沉。

这时有人叫道："查案的官差来了!"

看客们立时闪避两旁，让出道来。狄公急急跑进门去，三名亲随紧跟其后。只见店内的远角处站着一群人，狄公排众直入，一眼看见倒在血泊中的洪亮，顿时僵立在地、一动不动。

酒肆掌柜开口欲言，一见四人的脸色，连忙退后几步，示意旁人随他出去暂避一时。

过了许久，狄公方才俯身轻抚洪亮的肩头，又小心扶起他须发花白的头颅，解开衣袍看视创口，然后缓缓放下，两手笼入袖中，禁不住泪流满面，三名亲随连忙掉过头去。

陶干头一个从悲恸中振作起来，仔细查看过桌面，又瞧瞧洪亮的右手，开口说道："这里看去有涂抹过的痕迹。洪都头实在勇毅非凡，在血泊中居然还尽力写下字来。"

"与他相比，我们真是不值一提。"乔泰愤然说道。马荣紧咬双唇，一线血丝直流到下颏上。

陶干又屈身跪下查看地面，站起身后，将两颗红宝石默默呈给狄公过目。

狄公看罢点头，哑声说道："我知道这红宝石的来历，只是为时已晚。"稍停片刻又道："问问店中掌柜，洪都头是否曾与一个头戴黑风帽的男子一同进来过。"

马荣叫来店内总管，只见他喉头咽了几咽，吞吐说道："回老爷话，小的……小的们真是一概不知。那人头上……头上戴了一顶黑风帽，独个儿坐在这张桌旁，伙计们以前谁都不曾见过他。那人只点了一壶酒，并且立时掏钱付账。过了半日，想是这位老大爷过来，与他坐在一处，等我们发现出了人命时，前头那个早已走得不见踪影。"

"那厮长什么样？"马荣吼道。

"回官爷，伙计说只看见他露出一双眼睛，两片护耳拉下来包在嘴上，还咳个不停，并且……"

"不必再说了。"狄公木然说道。总管连忙拔脚溜走。

狄公默无一语，三名亲随谁也不敢出声。

狄公忽然抬起头来，用喷火的两眼直盯着马荣乔泰，思忖半晌，方才嘶哑说道："你二人仔细听好！明早天一亮，你们去五羊村走一趟，朱大元知道许多捷径，因此务必叫上他同去。到了村中客栈，找到见过潘丰的店内伙计，打问清楚有关潘丰在店中见过之人的相貌言语，越详细越好，完事之后，与朱大元回来直奔县衙。听清楚了没有?"

马荣乔泰连连点头。狄公复又凄然命道："将洪都头的尸身送回衙院。"说罢转身离去，再无一语。

第十六回

三骑早行外出公干　一妇到堂尽吐内情

次日午时前，三名男子风尘仆仆一路而来，在衙院门前收缰勒马，皮风帽上覆着一层白雪。只见许多百姓正鱼贯涌入正门。

马荣吃了一惊，对朱大元说道："看去是要升堂！"

"你我赶快进去。"乔泰低声道。

陶干正在中庭内立等，迎上前对三人说道："老爷今日额外升堂一回，为的是有些要紧事必须立即处置。"

"我们不如去二堂中探个究竟，"朱大元急切说道，"没准与洪都头被害一案有关。"

"朱员外，此时升堂在即，"陶干说道，"老爷关照过不许任何人前去搅扰。"

"既然如此，还不如径去大堂。"乔泰说道，"朱员外要是与我们同去的话，定会给你找个近处的好位子。"

"能站在前排我便心满意足。"朱大元说道，"不过可否带我从后门进去，免得还要在人群中推推搡搡一番，看去已是十分拥挤。”

三人走过穿廊，从位于高台后方的小门步入大堂。马荣乔泰在高台两侧各自站好，朱大元则行至衙役身后，立于看众的最前排。

大堂内人头攒动，语声嘈杂，人人都盯着案桌后的太师椅翘首以待。

一时狄公缓步走出，登上高台，在案桌后落座，堂内立时鸦雀无声。马荣乔泰偷眼打量一下，觉得老爷看去比昨晚愈发憔悴。

狄公一拍惊堂木，宣道："北州县衙今日特开一堂，皆因在古董商潘丰家中发生的杀人一案，如今已有重要发现。”又对班头命道："将头一件证物拿来!"

马荣闻听此言，疑惑地瞥了乔泰一眼。

班头捧出一个硕大的油纸包袱，先小心放在地上，又从袖中取出一卷油纸来，平铺在案桌一侧，然后再将包袱置于其上。

狄公倾身向前，迅速剥下油纸。堂下众人发出一阵惊呼。只见里面露出一个雪人头来，眼窝中嵌有两颗红宝石，闪出邪恶的幽光。

狄公一言不发，两眼直盯着朱大元。

朱大元定定地望向雪人头，缓步走上大堂。狄公抬手示意，衙役们连忙闪避两旁。只见他径直走到案桌前方才停步，直直立于雪人头的下方，仰首注目凝视，眼神空洞而古怪，突然用变了调的声音愠怒说道："将我的红宝石还给我！"说罢举起戴着手套的两手。

狄公用惊堂木猛拍雪人头顶，雪块立时塌陷落下，里面赫然显出一颗女人头颅，湿漉凌乱的长发遮住了半个脸面。

马荣一声怒吼，意欲跳下高台直扑向朱大元，手臂却被狄公紧紧箍住。

"站回原处！"狄公命道。乔泰立时跳到马荣身边，用力将他拽回。

大堂内一片死寂。朱大元静立不动，茫茫然望着那颗人头，又缓缓移开视线，朝地面看去，忽然弯腰拣起随雪落下的红宝石，扯下两只手套，将宝石放在肿胀起泡的左掌中，伸出右手食指轻轻擦拭，一张阔脸上漾出孩童般天真的笑容，口中低声咕哝道："美丽的红宝石！美丽的红宝石，红得就像滴滴鲜血！"

众目睽睽之下，一个彪形大汉竟如孩子抚弄心爱的玩具一般孜孜憨笑，这情景实在诡异莫名。没人注意到此时另有一个身材高挑、薄纱蒙面的妇人，正由陶干引着行至案桌前，在朱大元对面站定。

狄公突然喝道：“你可认得这廖莲芳小姐的人头？”

就在此时，陶干将妇人面上蒙的纱巾一把扯下。

朱大元似是如梦方醒，两眼对着妇人的脸面与案上的人头来回看觑，冲那妇人顽皮地一笑，口中说道：“我们赶紧用雪把它埋起来！”说罢跪在地上四处摸索。

人群中响起一阵低语，声音越来越高，狄公抬手断然示意后，又立时止息。

“叶泰在哪里？”狄公冲着朱大元喝问道。

“叶泰？”朱大元闻声抬头，随即爆发出一阵大笑，高声叫道，“也埋在雪里了！也埋在雪里了！”忽又面色一变，显得十分惊惧，瞥了那妇人一眼，哀哀叫道：“你一定得帮帮我！我还要雪！”

妇人后退几步靠在案桌旁，抬手捂住脸面。

“我还要雪！”朱大元陡然尖叫一声，狂乱地满地抓挠，手上的指甲断裂在青石板缝中。

狄公朝班头递个眼色，两名衙役上前抓住朱大元的胳膊，将他拽起，不料朱大元却狂性大发，口吐白沫，叫骂着动起手来。于是又上来四名衙役，好不容易才将这疯癫的大汉套上锁链，带出门去。

狄公肃然宣道：“本县以为正是朱大元杀害了廖莲芳小姐，并且怀疑叶泰也已被他所害，潘叶氏则是其同谋。”

堂下响起一阵愤怒的议论声。狄公抬手示意众人肃静，接着又道："本县今早搜查过朱府，发现潘叶氏独自住在一所隐蔽的院落中，又在一处后花园的雪人中找到了廖小姐的人头。诸位现在所见的，其实是个木头制成的傀儡。"

狄公又对那妇人说道："潘叶氏，你必须从实招来与人犯朱大元究竟是何关系，以及你二人又是如何诱拐并杀害廖小姐的。现已查明你曾参与其中，证据十分确凿，依律当判处极刑。不过若是如实招供的话，本县将会酌情建议从轻发落，给你一个速死。"

潘叶氏缓缓抬头，低声述道："小妇人头一次遇见朱大元，乃是一个月之前。他在廛市的一家珠宝行里买了一对镶有红宝石的金手镯，我正好从旁看见，面上不觉露出艳羡之意，想是被他瞧了去。后来我在街边的货摊上买头梳时，忽然发觉他就站在身旁，还主动开口与我寒暄，彼此通名报姓后，又道是时常从我丈夫手中买入古董，态度很是殷勤，令我受宠若惊。他又问可否前来家中造访，我自然一口答应，并说某天我丈夫午后便会出门，于是他将一只手镯迅速塞入我的衣袖内，然后转身走开。"

潘叶氏住口不语，犹豫半晌后，垂头又道："那天午后，我换上了一身最好的衣裙，将火炕烧热，还备下一壶温酒。朱大元果然如约前来，说话十分和气，一点不拿架子。他三口两口喝完酒水，我料想接下来便会挑逗一番，然而却不见他有何举动，于是我主动脱去外袍，他忽然变得很不自在，我又解下贴身衣物，他却将头掉到一旁，只说让我穿上衣服，然后声音愈发和软，夸赞我生得着实美貌，极愿从此两下结情，不过须得先帮他做一件事，方可加以信赖，我听了自是满口答应。若论私心，我也极想与他结下情好，此人十分阔绰，定会慷慨大方地给我许多好处。整日住在这偏僻冷清的宅院里，我早已心生厌倦，好不容易积攒起一点钱来，却又总被哥哥叶泰给卷了去……”语声渐低下去。

狄公示意一下，班头递上一杯浓茶，潘叶氏一气灌下，接着又道：“朱大元道是有个女子时常前去廛市，且总有一老妇相随，到时自会指给我看，命我趁那老妇不注意时将女子引开，然后说定日期与地点，又给了我另一只金手镯，便出门而去。

“就在约定的当天，我与朱大元在廛市里碰面，他用黑风帽半遮住脸面，尾随在我身后。我曾试图接近那女子，奈何老妇人一直跟得很紧，只好作罢。”

“你可认得那女子是谁?”狄公插话问道。

“回老爷，小妇人真的不知道!”潘叶氏叫道，“看去还以为是哪里的烟花名妓。又过了几日，我们再次前去，见那老少二人转到廛市南边，挤进人群中看突厥人的熊戏，我便趁机走到那女子身旁，照着朱大元教的悄悄说了一句‘于相公想要见你’。那女子一听，二话不说便悄悄溜出人群，跟着我走到附近的一幢空宅前，也是朱大元指定过的地方，宅门半开半掩。朱大元一路紧跟在后，这时上前一把将那女子推进门去，又说过后再来看我，然后便将我关在门外。

“后来我看见官府告示，这才知道他拐的乃是一名富家小姐，于是赶紧奔去朱府，假托我丈夫的名义见到朱大元，恳求他千万放人，但他却说已将那女子秘密转移至自家府中一个十分隐蔽的地方，没人知道她在那里，顺手塞给我一些银两，并许愿很快便会再去看我。

“三天过后，我在廛市中又见到朱大元，他说那女子很不安分，还故意弄出动静来，想要引起府里其他人的注意，令他忍无可忍，记得我家周围十分僻静，因此想要将那女子带去过一夜。我对他道是我丈夫当天便会离家出门，两日后方归。吃过晚饭后，果然见他拖着那女子进来，这次却是打扮成尼姑模样。我正想上去与那女子搭话，朱大元却将我推到门口，命我暂且出去一阵，直到二更鼓响时再回来。”

潘叶氏抬手捂住两眼，再度开口时，声音愈发嘶哑。

“等我转回家时，只见朱大元独自坐在厅堂中发呆，急忙问他出了何事，他语无伦次地说人已经死了。我奔去卧房中一看，那女子果然已被他勒死。我吓得要命，赶紧跑回厅堂，说要将此事告诉里长，我并不在意帮他幽会偷情，但是绝不想被扯进人命官司里去。

“朱大元一听这话，立时镇定下来，断然说是我已经成了他的同谋，依律当斩，但他或许能将这桩杀人案遮掩过去，同时带我去朱府作姨太太，定能瞒过众人的耳目。

“他拽着我回到卧房中，命我脱下衣服，浑身上下仔细检查了一回，见并无疤痕或是胎记，说我实在走运，此举定会万无一失，又从我手上取下银指环，叫我改穿那件扔在地上的尼姑衣袍。我想先套上自己的贴身衣物，他却动了怒气，一把将袍子扔给我，然后推出门外，叫我去厅堂中等候。

“我在厅堂里又冷又怕，哆哆嗦嗦不知等了多少时候，终于见朱大元拎着两个大包裹出来，面不改色地说道：‘我携了那女子的人头，还有你的衣裙鞋袜。人人都会以为死了的就是你，从此便可在我家中安心作个最得宠的姨太太！’我听罢叫道：‘你莫非疯了不成！她还是个黄花闺女哩！’他忽地勃然大怒，口沫横飞咒骂连连，冲我吼叫道：‘什么黄花闺女！我亲眼看见这不要脸的贱货与我那书记在一起鬼混，居然就在我的家里！’一时竟气得浑身发抖，又将一只包裹塞在我手里，临走时命我将大门从外面锁上。

“我二人在城墙根底下，顺着暗处一路走到他家，我心里怕得要命，连天冷都忘记了。朱大元打开一扇角门，将一只包裹扔在花园一角的灌木丛底下，又引着我穿过几道黑漆漆的走廊，进入一座单独的庭院中，道是这里一切应有尽有，然后便匆匆离去。

“我住的地方倒是色色精美、样样齐全，还有一个聋哑老妇送来好菜好饭。第二天朱大元过来，看去心事重重，只问我将他以前送的那些首饰放在何处，我告诉他就在衣箱的夹层中，他答应自会取来给我，我又嘱咐他顺便将两件最心爱的衣裙也一并带来。

“第三天他再来时，却说首饰都不见了，只将衣裙给了我。我让他留下陪我，他却说自己不慎伤了手，明晚再来，从此我便再未见过他了。以上所述句句是实。”

狄公递个眼色，主簿大声读了一遍录下的口供，潘叶氏垂头承认一切属实，并在供词上按印画押。

狄公郑重宣道：“潘叶氏，你的所作所为十分愚蠢，必须以性命偿之。鉴于你曾受到朱大元的唆使与胁迫，本县将提议对你从轻发落。”

班头将泣不成声的潘叶氏引至侧门处，郭夫人正等在那里，预备带她回牢。

狄公又宣道：“至于人犯朱大元，仵作将会在几天之后查明此人是否确已神志失常、无可救药。他不但杀死廖小姐，且又谋害了北州县衙都头，或许还有叶泰。朱大元若能心智复原，本县将会提议对其处以极刑，并将立即派人四处搜寻叶泰的尸身。

“本县对于皮匠行首廖掌柜痛失爱女深表同情，不过也须申明一点，常言道：‘男大当婚，女大当嫁’，为人父者不但有责为女儿挑选一位适宜的夫婿，而且应尽快为其完婚，先贤之所以留下如此古训，自是大有道理，还望今日到堂的所有一家之长引以为戒。

“潘丰须将装有廖小姐尸身的棺木交与廖掌柜，以便与找到的头颅合在一处，然后正式下葬。一旦京师发下批文，本县将会从朱大元的财产中拨出一份来赔付给廖家。从即日起，县衙将负责监管朱家所有财产，并由书记于康协助。”

狄公说罢，拍案退堂。

第十七回

从头细述罪案始终　闻报恍悟拼图秘意

众人回到二堂，狄公疲惫地说道：“那朱大元是个双面人，表面上性情豪爽、体格强健，连马荣乔泰都禁不住要喜欢，但却是败絮其中，只因身有隐疾，故此心怀怨愤并坏了心肠。”

狄公递个眼色，陶干连忙上前倒茶。狄公一气喝下几口，对马荣乔泰又道：“我不但得有时间去朱府搜查，还得让朱大元毫无觉察，因为这人直如恶魔一般狡猾，于是只好假托办理公务，派你们两个与他一道前去五羊村。如果不是洪亮被害的话，昨晚我就会将朱大元的罪行对你们四人道出，但是出事之后，我自知不能要求你们在谋害洪亮的凶手面前举止如常，即使连我自己也绝难做到！”

“我要是早知道的话，”马荣怒道，“定会亲手掐死那个狗杂种不可！”

狄公闻言点头，众人半晌无语。

陶干开口问道：“老爷是几时发现那无头女尸并非潘

叶氏的?”

“我本该当时就怀疑才对!”狄公苦涩说道,“尸体有一处明显的抵牾不合之处。”

“什么地方不对?”陶干急急问道。

“就是那枚指环!”狄公答道,“做尸检时,叶宾说过上面镶嵌的红宝石不见了。既然凶手想要红宝石,为何不将指环从死者手上直接摘下拿走了事?”

陶干听罢一拍前额,狄公接着叙道:“这是凶手的第一个破绽,可惜我不仅没能发现,还疏忽了另一条暗示死者并非潘叶氏的线索,就是她的鞋子失踪不见。”

马荣点头说道:“女人的衣袍宽松,贴身衣物也很单薄,穿上以后很难说是否完全合身,但是鞋子就另当别论了!”

“一点不错。”狄公说道,“凶手知道若是留下潘叶氏的衣物而拿走鞋子,我们定会起疑。若是留下鞋子,我们又会发现并不合死者的脚,因此他灵机一动,将衣服鞋子统统拿走,并预料到此举会令我们十分迷惑,以至于忽略了丢失鞋子的重要涵义。”

狄公叹息一声,接着又道:“实在不幸,事情果然如他所料。不过他还犯了另一个错误,正是这一点将我拉上正路,并且意识到了以往忽略的地方。朱大元有个癖好,就是极爱红宝石，不肯将它们留在潘家，因此才会趁着潘丰被关在县衙大牢时破窗而入，从卧房的衣箱中取走首饰。他还答应了潘叶氏的要求，将她最喜爱的衣裙一并带走，此举十分愚蠢，我自此恍悟潘叶氏一定还活着，因为凶手作案时若是知道首饰藏在何处，定会当时便拿走。若是过后有人告诉他，那么这人只能是潘叶氏。

“于是我又想起指环上丢失的红宝石，也明白了凶手之所以要拿走所有衣物，正是为了阻止我们发现死者并非潘叶氏。凶手深知唯一能发现尸体偷梁换柱的人便是其夫潘丰，并且再度准确地预料到当潘丰洗脱罪名时，尸体业已收殓入棺。”

“老爷是几时开始怀疑朱大元的？”乔泰问道。

“就在昨天我与潘丰谈过之后。”狄公答道，“我起初怀疑是叶泰作案，又自问被害的女子究竟是谁，既然只有廖小姐失踪不见，自然应该是她。仵作说过死者并非处女，从于康的陈述中得知廖小姐也并非处女。我们曾经以为叶泰拐去了廖小姐，此人亦是身强力壮，足可将人头砍下。我也曾设想过叶泰一怒之下杀死廖小姐，潘叶氏帮他遮掩后又自行失踪，不过很快便放弃了此种想法。”

“这又是为何？”陶干立即问道，“我听去觉得十分合理。叶泰与他妹子关系密切，并且潘叶氏也可趁机离开自己并不中意的丈夫。”

狄公摇头说道：“别忘了漆毒这条线索。从潘丰的话里，我得知惟有凶手才会无意中碰到那张刷漆后尚未干透的小桌。潘叶氏很知道漆毒的厉害，自会小心避开，叶泰未中漆毒，且凶手又不可能戴着手套作案。

“正是漆毒一事指向了朱大元。这时我又记起两件小事，虽说微不足道，但如今想起却大有深意。一是朱大元原本打算在厅堂中置办平常家宴，忽然却改了主意，要在户外大排野宴，就是因为手掌中了漆毒而不得不始终戴着手套遮掩。二是朱大元与马荣乔泰同去打猎时意外失手，未能射中野狼，正是由于他刚刚度过一个惊魂之夜，并且手上十分疼痛。

“还有一点，凶手必须住在潘家附近，并且拥有相当大的宅院。他离开潘家后，必须带着一个女人与两只大包裹行走，不但不能被人看见，而且万万不可冒着被军营巡兵撞见的风险，因为巡兵们但凡遇见有人拎着包袱夜间行走，必会叫住查问一番，真是值得称道的大好习惯。潘家地处偏僻，出门之后沿着城墙内侧绕行，便可走到朱府背后，沿途皆是些废旧货仓。”

“但是朱大元在到家之前，”陶干议论道，“还得穿过东门附近的大街。”

“那只是小有风险而已，”狄公说道，“因为城门守卒一般只会留意进出城门之人，而并非在城墙内经过之人。

“当我认定朱大元最为可疑时，立时自问他的动机何在，这时忽然想起他一定有着难言之隐。一个健壮魁梧并有八房夫人的大丈夫，膝下却没有一男半女，暗示出其人定是患有暗疾，并且此事对其性情的影响甚恶。他将银指环上的红宝石拿走，又潜入潘家盗出手镯，这两点透露出对于红宝石的狂热喜好，也为他在我心目中的形象加上了重重一笔，即一个内心扭曲之人。正是对廖小姐疯狂的恨意，促使他犯下了杀人害命的勾当。”

“老爷是如何知道这一层的？”陶干问道。

“起初我以为这是上了年纪之人对于青年男女的嫉妒之心，但是立刻又推翻了此种设想，因为于康与廖小姐订婚已有三年，而朱大元的愤恨却是最近才生出的。我又想起一件很巧的事：于康说过叶泰声称从一个老仆妇那里得知了于康的秘密，当日二人说话时，就站在朱大元书斋前的长廊上；于康还说过后来自己前去试探那老仆妇时，也是在同一地点，我就想到没准这两次谈话皆被朱大元偷听了去。前一次时，老仆妇对叶泰提及那一对男女曾在于康房中私会，这便使得朱大元十分痛恨廖莲芳，因为她居然就在自家府中，令一个男子尝到了老天拒绝赐予朱大元的快乐，我可以想象朱大元因此将廖莲芳视为自己失意颓丧的象征，深感惟有得到她才能重获男子气概。他偷听到的另一次谈话则透露出叶泰正在敲诈于康。朱大元深知叶泰与潘叶氏兄妹俩关系密切，唯恐潘叶氏会告诉叶泰有关自己与潘叶氏会面一事，甚至包括在廛市中见过的女子，一旦泄露出去，怕是后半生都难逃叶泰勒索，千万不能冒此风险，因此必须将此人除去不可，并且叶泰失踪正是发生在于康与老仆妇谈话的当晚，时间也十分相合。

“我认定朱大元既有动机又有时间作案后，又想起一件事来。你们都知道我从不相信鬼神，但也并非意味着就断然否认有时可能发生某些不可思议之事。那天晚上去朱家赴宴时，我在后花园中瞧见一个盘腿而坐的雪人，分明觉得有一股邪恶狞厉的暴虐横死之气扑面而来。我想起朱大元在宴桌上道是那些雪人皆由他家仆人的小儿女们堆成，但是马荣乔泰却说过朱大元也曾亲自堆起雪人作为练箭的靶子，于是忽然省悟到在如此寒冷的天气里，要想迅速藏起一颗人头的话，用白雪包裹在外面充作雪人头倒也并非下策，尤其对朱大元来说，还有助于减轻他对廖小姐的变态仇恨，因为这会令他联想起演习骑射时不断放箭射中雪人头的情景。”

狄公住口不语，浑身一竦打个寒战，裹紧身上的皮袍。三名亲随直盯着老爷，个个面色苍白憔悴，这起凶案的不祥气息似乎正弥漫在二堂内。

狄公沉默良久，复又开口说道："那时我已认定朱大元便是真凶，只是缺少确凿的证据。原本打算昨晚退堂后便与你们几个讲明此事，再商议如何出其不意搜查朱府，一旦找到潘叶氏，朱大元便会落网，不料他却谋害了洪亮。我要是提早半日与潘丰谈过，就可在洪亮遇害之前先发制人，奈何天意却是如此。"

二堂中一阵悲哀的沉默。

狄公终于开口说道："至于后来的情形，你们可从陶干那里得知。你二人与朱大元一道出城后，我便与陶干带着班头直奔朱府，果然搜出了潘叶氏，又神不知鬼不觉将她用一乘严严实实的小轿送至县衙。陶干找出了所有卧房中的窥孔，我也问过那老仆妇，她说根本不晓得于康与廖小姐的私情。如今从潘叶氏的口供中得知，原来是朱大元自己偷看到那二人幽会。据我想来，可能朱大元在叶泰面前无意中议论过几句，叶泰十分奸猾，一听便猜了个正着，但是于康问他从何处得知时，叶泰又不敢将朱大元牵涉进来，于是编造出关于老仆妇的谎话。至于后来到底是叶泰胆大包天居然去敲诈朱大元，还是朱大元偷听到于康与老仆妇的谈话后担心叶泰会来敲诈自己，我们可能永远无法确知了，因为朱大元已经神志失常，叶泰恐怕也已身亡，尸身正躺在不知何处的雪地之中。

“我又问过朱大元的八房夫人，她们口中所述与朱大元一起生活的种种情形，听得我只想早些忘掉。我已做了必要安排，将她们分别送回各自家中，等此案了结后，还会从朱家财产中领到数目可观的一份。

“朱大元的疯癫虽然使他逃脱了法网，但是终究逃不过上天的裁决。”

狄公从书案上拿起洪亮的旧锦匣，用指尖轻轻摩挲褪色的锦面，又仔细揣入怀中，然后铺开一张白纸提笔欲书，三名亲随连忙起身告退。

狄公先写了一份给上峰刺史的呈文，详述廖莲芳被害一案，然后又写下两封私信，一是给洪亮的长子，他如今身在太原，担任狄公幼弟家中的总管。洪亮鳏居多年，昨日不幸遭难后，其子便成为一家之长，将由他来决定洪亮的安葬之地。

狄公又修书一封寄给大夫人，如今她正在太原娘家。信中先是依礼问候岳母大人病情如何，然后告知洪亮已不幸身亡的消息，在信函惯用的书面言辞之后，又加上颇为动情的一句：“凡有十分亲近之人离世，你我非但痛失其人，且自身心内亦有一处与之俱丧矣。”

书成搁笔后，狄公将三信交给衙吏，命他立即送出，然后独自一人用过午饭，心中悲思不绝。

狄公只觉筋疲力尽，不愿费神琢磨蓝道魁或是陈氏之案，便命衙吏将自己为官府放贷一事所做的笔录拿来。狄公曾计划在荒年时向农户提供不收利息的借贷款项，这是他最乐于研究的一项事务，曾与洪亮一道在晚间商议过多次，并试图撰写一份提案，以期博得户部许可，洪亮也认为只要节省县衙其他开支的话，此举便十分可行。一时三名亲随走入，却见老爷正在埋头计算数目。

狄公推开纸笔，说道："我们须得议论这蓝道魁一案，我仍然认为投毒之人确系女子，但是迄今为止，唯一与女人有关的线索只是一个徒弟所言，道是曾有一女在晚间造访蓝道魁，不过听到的只言片语，却无法证明她是何人。"

马荣乔泰黯然点头。乔泰说道："引人注意的是那二人都未说一句客套话，可见关系不浅。老爷以前也说过这一点，那女子进入浴房时，蓝师父仍是全身赤裸，并未打算遮掩一下。"

"徒弟到底听见了什么话?"狄公问道。

"没甚要紧，"马荣答道，"那女子似乎因为蓝大哥躲着她而十分生气，蓝大哥回说这并无关紧要，后面又加上一句，听去似是'小猫'。"

狄公猛然坐起，难以置信地说道："小猫？"

狄公忽然记起陈氏的女儿说过有人晚上来看她母亲，还与一只小猫说话，并天真地问他那只小猫在哪里，这一发现真可谓石破天惊！于是立即对马荣命道："你这便骑马去潘丰家跑一趟，陆陈氏尚在幼年时，潘丰便认得她，问问陆陈氏是否有过什么绰号。"

马荣听罢十分惊异，但又向来不惯于开口发问，于是领命而去。

狄公未再多说，只吩咐陶干沏好新茶，又与乔泰议论一事，却是近来军营巡兵管辖普通百姓时常会出现纷争，这一难题应如何妥善解决。

马荣很快返回，开口禀道："我去了潘家，见那老潘十分沮丧，他老婆与人勾搭的消息传出后，比起上次遭人杀死令他更受打击。我问起有关陆寡妇的事，他说陆寡妇当年在学堂里念书时，同伴们曾叫她'小猫'。"

狄公一拍书案，大声说道："这正是我想要的线索！"

第十八回

郭夫人禀报狱中犯　陆寡妇再度上大堂

三名亲随告退后，郭夫人走进门来。

狄公一见郭夫人，连忙示意她坐下，并自行斟上一杯热茶。面对这个女子，狄公心中深感莫名歉疚。

郭夫人先俯身为老爷杯中斟满，狄公再次留意到那种似是与她密不可分的淡淡香气。

“有一事须得向老爷禀明，”郭夫人说道，“潘叶氏不思茶饭、昼夜啼哭，问我可否许她丈夫前来牢中探视一回。”

“如此行事有悖律法，”狄公皱眉说道，“况且我也看不出对他们夫妻会有甚么好处。”

“潘叶氏深知自己将会身受极刑，也已顺天认命，”郭夫人柔声说道，“不过事到如今，却发觉心中对丈夫仍有不少牵挂，想跟他当面致歉，如此一来，即使死了也会稍稍安心，起码算是赎清了部分罪孽。”

狄公思忖半晌，说道：“刑名律法旨在恢复秩序，并尽力弥补由于罪行造成的损害。既然潘叶氏的悔过或可安慰潘丰一二，我就准了她的请求。”

“还有一事，”郭夫人又道，“我给陈氏背上敷了不少药膏，鞭伤倒是无碍，不过……”说着声音渐低，见狄公点头鼓励，才又接着说道，“回老爷，她看去体格并非十分强健，全凭意志惊人，方能支撑至今。我担心要是再吃一顿鞭子的话，怕是会从此元气大伤。”

“此言十分中肯，”狄公说道，“我自会记在心里。”

郭夫人躬身一拜，犹豫片刻又道：“我见陈氏从未提起过女儿，便主动问她孩子如今怎样，听她道是暂时托付给邻居照管，料想自己不出几日便会被官府开释。不过我仍想去她家走一趟，若是见那小姑娘过得不甚舒心，就打算领回家中自行照料。”

“此言极是，就这么办！”狄公说道，“你去陈氏家中，顺便搜搜是否有一套突厥人的黑衣裤，或是其他什么黑衣，只有女人才会知道藏在何处！”

郭夫人微微一笑，躬身再拜。狄公极想开口问她对于蓝道魁与陈氏可能结有私情一事有何看法，但又想到与一个女子讨论县衙公务本已十分离谱，不可愈发造次，于是立即打消此念，转而问起郭掌柜对朱大元的病情有何评议。

郭夫人缓缓摇头，“外子又下了一剂用量很大的催眠药，并且认定朱大元的神志已经完全错乱，想必无法复原。”

狄公叹了口气，点头示意，于是郭夫人告退离去。

晚衙开堂时，狄公先宣布有关军营巡兵管辖北州的几项条例，并说很快便会写成文告在城内四处张贴，然后命班头带陈氏上堂。

狄公见那妇人又是精心妆扮了一番，一头乌发高高盘起，样式简单却引人注目，身着一件崭新的锦袄，特意将腰身挺得笔直，不过显然牵扯得肩背十分疼痛，跪地之前先迅速扫了一眼，见堂下看众寥寥，面上不觉露出失望之意。

“陆陈氏，你昨日虽然冒犯公堂，”狄公说话时语调平稳，“但本县看你倒也并非愚鲁之辈，相信今日总该会从实答对，方是公私两便的明智之举。”

“小妇人向来不惯扯谎！”陈氏冷冷回道。

“你且说说，”狄公说道，“除了闺名之外，你可是有一个绰号叫做‘小猫’？”

“老爷莫非存心戏弄小妇人不成？”陈氏轻蔑地说道。

“公堂之上，惟有本县才能发问，”狄公徐徐说道，“你只须回答！”

陈氏想要耸耸肩头，却牵动了伤处，痛得面上抽搐一下，喉头一咽说道："不错，确有此事，是我父亲在世时候起的。"

狄公闻言点头，又问道："你丈夫在世时，偶尔也这么唤过你吗？"

陈氏眼中凶光一闪，断然答道："没有！"

"你可曾穿过突厥男子的黑衣裤？"

"平白遭此侮辱，小妇人可不能答应！"陈氏叫道，"一个正派女子怎会穿男人衣裤！"

"不过从你家中确实搜出了这样一套黑衣裤。"狄公又道。

狄公眼见陈氏头一次显得神色慌乱，犹豫片时，方才答道："老爷想必知道小妇人有不少突厥亲戚，曾经有个表弟从边境处过来歇脚，那身衣裤原是他的，扔在我家不知多少时候了。"

"你先下堂回牢，"狄公说道，"稍后再来接着回话。"

陈氏被带下后，狄公又宣读了两份有关更改遗产继承条例的文告，此时堂下已挤得满满，却仍是来者不断，想必自有些好事之徒出了衙院，四处散播陈氏将要上堂的消息。

班头引着三个年青后生行至案桌前。那三人看去大不自在，惴惴不安地望着众衙役与县令老爷。

“你们几个不必害怕!”狄公温颜说道，“只须在堂下前排站好，等会儿有人走出时，你们只须仔细看过，然后告诉本县以前是否见过此人，如果见过的话，又是在何时何地。”

一时郭夫人带着陈氏出来，只见她已穿上那身从自家搜出的黑衣裤。

陈氏迈着碎步行至案桌前，姿态袅娜地朝下拽拽黑衣，越发显得身段玲珑浮凸，半转过身侧对堂下众人，整整包在头上的黑巾，娇怯怯地抿嘴一笑，又伸手扯扯衣襟下摆，显得十分羞涩。狄公看在眼里，心想这女人真是极会做戏，于是示意一下，班头将那三个后生带上前来。

“你们可认得出这人是谁?”狄公朝年龄最大的一个问道。

那后生瞧着陈氏，眼中分明流露出欣羡之意。陈氏娇羞地瞟他一眼，面上浮起红晕。

“回老爷，认不出。”后生吞吐答道。

“是不是曾在浴堂门口遇到的那人?”狄公耐心问道。

“回老爷，这怎么可能!”后生笑道，“那人明明是个男子!”

狄公再看另外二人，亦是双目圆睁，瞪着陈氏连连摇头。陈氏斜眼瞟瞟他们几个，抬手掩住嘴巴。

狄公叹了口气，示意班头带这几人下去。

三人刚一离开，陈氏立刻变戏法似的换了脸色，又是一副冷若冰霜的恶毒神情，冷笑一声发问道：“敢问这一出乔装改扮到底是何用意？一个妇人背上鞭伤未愈，还得穿上男人衣裤当众遭到羞辱，究竟是何道理？”

第十九回
恶妇当堂羞辱县令　猫图转瞬变作鸟形

指认虽未成功，但是陈氏的一番精心造作，使得狄公越发认定她就是真凶。

狄公倾身朝前，厉声喝道："你与已故拳师蓝道魁到底有何关系，从实招来！"

陈氏挺身叫道："你想要怎么折磨羞辱我，悉听尊便，反正一介草民无足轻重。然而蓝大师却是天下闻名的英雄豪杰，也是北州的荣耀，想要把我扯进去，恶意中伤如此一位万民景仰的人物，我可万万不能答应！"

堂下众人听罢，一齐大声喝彩。

狄公猛一拍惊堂木，叫道："肃静！"又冲陈氏喝道："你这妇人，还不快招！"

"不招！"陈氏高声叫道，"随便你怎么折磨我，但是休想设下奸计，把蓝大师牵扯进来！"

狄公强压怒火，断然说道："此妇藐视公堂。"又想起郭夫人的一席话，提醒自己须得小心用刑，于是对班头命道："判臀杖二十！"

堂下一阵议论纷纷，有人不满地出声嚷着："何不赶紧去捉拿谋害蓝师父的凶手！"还有人叫着："好不丢人现眼。"

"肃静！"狄公声如洪钟，"蓝师父生时亦曾控告此妇，证据确凿，无可置疑，本县即刻便会公之于众！"

大堂内立时寂静下来，只听陈氏忽然连叫数声。

几名衙役将陈氏脸面朝下放倒在地，扯下她身上所穿的突厥长裤，由于律法规定妇人女子惟有在法场上才可暴露羞处，班头立即拿了一块湿布遮住臀部，又有二人上来按住手脚，班头举起藤条打下。

陈氏大声尖叫着挣扎扭动。打过十下后，狄公示意班头暂停，冷冷说道："你可现在回答。"

陈氏抬起头来，却已口不能言，半晌后方才吐出两个字来："休想！"

狄公耸耸肩头，藤条复又呼啸落下。陈氏忽然一动不动，班头于是停手，衙役将她翻过身来，并试图设法弄醒。

狄公对班头喝道："带另一名证人上堂！"

只见一个青年后生被引至案桌前，身材健壮，头皮剃得精光，身穿一件简朴的褐袍，面相看去十分忠厚和善。

“报上你的姓名、生业!”狄公命道。

“小民叫做梅诚,”那后生恭敬答道,“在蓝师傅手下帮忙已有四年多,如今是七等拳师。”

狄公点头说道:“梅诚,你且说说半个多月以前,某天晚上你的所见所闻。”

“那天小民跟往常一样,”梅诚叙道,“晚上练完功后,便离开了蓝师傅家,刚要迈进自家大门时,忽然想起将大铁球落在演武厅内,因为明早练功时还要用到此物,于是又折回去取了一趟。刚刚走进师傅家的前院,却见有人来访,师傅正将房门在访客背后掩上,我只模糊瞧见那人穿着一身黑衣,由于师傅所有的朋友我都认得,心想还是不要贸然闯入,便朝门口走去,就在这时,听见一个女人的声音。”

“那女人说些什么?”狄公问道。

“回老爷,隔着门扇不甚分明,”梅诚答道,“并且这声音以前也是闻所未闻,不过听去怒气冲冲,似是埋怨师傅不来看她。师傅回答时,我分明听见他话里提到小猫,又一想此事横竖与我无干,就赶紧走开了。”

狄公闻言点头,书办从旁大声念了一遍所做的笔录,梅诚按过指印后,狄公命他退下。

此时陈氏已苏醒过来，由两名衙役腋扶着跪在地上。

狄公一拍惊堂木，宣道：“本县认为这个夜访蓝大师的女人正是陆陈氏。不知她使出什么手段骗取了蓝大师的信任，然后又企图勾引，自然被蓝大师一口回绝，于是心怀怨愤、决意报复，假扮成突厥后生潜入浴堂，趁蓝大师洗浴过后正在休息时，将喂过毒药的茉莉花瓣投入蓝大师的茶盅内。适才三名证人之所以没能认出她来，皆因此妇善于做戏，扮成突厥人时，举手投足全是男子做派，刚才却又刻意显出女子的柔媚态度。不过这并没关系，本县自会证明，蓝大师本人是如何留下线索控告这个歹毒妇人的。”

看众们闻听此言，爆发出一阵惊呼。狄公发觉堂内气氛倒向了自己这边，方才梅诚那个淳朴后生的证词显然赢得了不少好感，于是对陶干点头示意。

陶干依照老爷的吩咐，在晚衙开堂前将一块四方木板涂成黑色，此时取出示众，又将一副白色七巧板中的六片钉在上面，每片长逾二尺，使得堂下众人皆能看见，然后置木板于高台之上，靠立在书办用的小桌旁。

“诸位请看，”狄公说道，“当日就在蓝大师浴房中的石桌上，这六片七巧板正是摆成如此形状。”又举起一片小三角：“这最末一片被发现时，则是攥在死者右手中。

“蓝大师喝下茶水后毒性发作，舌头肿胀不能发声，当时他正在摆弄七巧板，于是便拼着最后一点气力，试图藉此来指证凶手。

“可惜他还没来得及拼完就一阵抽搐，倒地时胳膊必是扫到板面，因此弄乱了模样。但是只要稍稍挪动三片，再加上他手中的最后一片，图形无疑便可复原。”

狄公起身将那三片取下，稍稍改变位置后重又钉上，再加上一片，拼出一只猫来。堂下发出一阵惊呼。

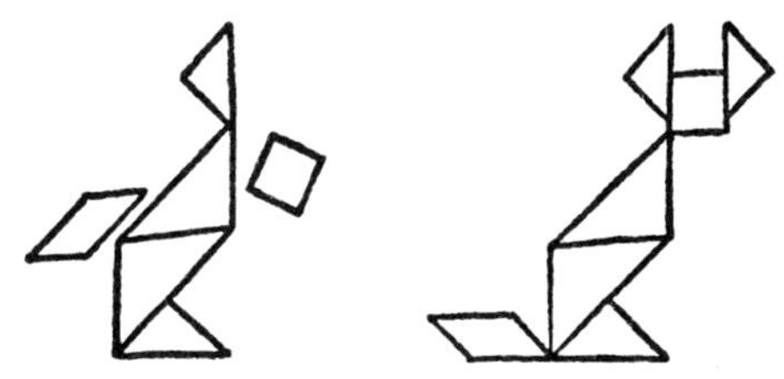

狄公回到座椅中，接着说道：“正是藉着这只猫的形状，蓝大师指出陆陈氏便是凶手。”

陈氏突然大声叫道：“胡说八道！”随即甩脱了两名衙役，手脚并用，艰难地朝前爬去，虽则痛得面目扭曲，仍以超人的毅力攀上高台，靠坐在案桌一侧大口喘息，伸手抓住木板的一角，手指颤颤将狄公方才钉住的三片又挪动一遍，扫了一眼堂下众人，紧握住最末一片贴在胸前，嘶声说道：“你们看！这全是骗人的！”

只见她呻吟着直起身子，跪在地上，将最后一片三角钉在图形的头部。

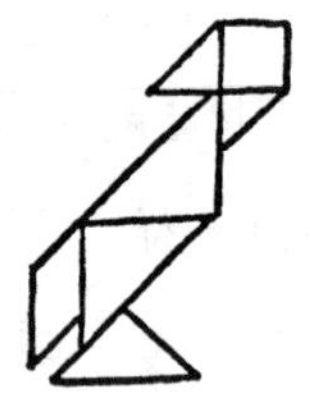

陈氏又开口叫道："蓝大师拼的是一只鸟！他根本没想留下……什么线索。"说罢面色骤然变成死灰，浑身一软，瘫倒在地。

三名亲随返回二堂后，马荣出声说道："那女人简直就不是个人!"

"她对我十分痛恨，"狄公说道，"因为痛恨我所代表的一切。她虽说生性恶毒，但却意志极强，且又富于急智，令我不得不钦佩叹服，居然看了一眼，便能想出如何将一只猫变成一只鸟——况且还是在痛得快要昏厥之际!"

"这女人一定不同凡响，"乔泰沉思道，"否则蓝大哥绝不会注意到她。"

"并且她还将我们置于极其难堪的地步。"狄公忧心说道，"如今既然不能告她谋害蓝大师，就必须证实其夫陆明的暴死与她有关。去叫仵作前来。”

一时陶干带着郭掌柜进来，狄公说道：“郭掌柜，你那日说过见陆明双目凸出，觉得可疑，还说若是脑后遭到重击的话，则会出现此种情形。但是即使匡大夫有意隐瞒，陆明的兄弟或其他帮忙理丧之人，难道不曾注意到有类似的伤口？”

郭掌柜摇头答道：“没有，老爷。如果用一块厚布包着一柄硬木重槌击打的话，根本不会受伤出血。”

狄公闻言点头，又道：“尸检自然可以查出破裂的头骨。然而若是此说并不成立，你可否还能找出其他暴力致死的痕迹？毕竟已经过去了五个月！”

“这多半得看棺木的用料与墓穴内的情形如何。”郭掌柜答道，“不过即使尸体速朽，想必还是能验出是否中毒致死，比如查看肌肤与骨髓的状况。”

狄公思忖半晌，说道：“依照律法，若无正当理由便开棺掘尸，将会犯下死罪。如果验尸未能找出确凿证据证明陆明死于谋杀，我必得引咎辞官，然后以亵渎他人陵墓之罪交由朝廷处置，若是再加上诬告陆陈氏杀夫的话，无疑便会人头落地。虽说朝廷加意庇护大小官吏，但要紧的是一定不可犯有过错。当今官场体系庞大、人数众多，即使对于声望甚佳的官员，一旦违背律法，亦是绝不容情。”

狄公起身来回踱步，三名亲随紧张地一路注视，只见他忽然驻足说道："验尸还是要做！我宁愿冒此风险！"

乔泰陶干面有疑色，陶干说道："那女人精通各种巫术，万一陆明是被她用符咒弄死的，却又如何是好？如此一来，尸体上就不会留下任何痕迹。"

狄公不耐烦地摇头说道："我深知世上确有不可思议之事，不过要说上天竟会允许用巫术这般暗黑邪魔之力来取人性命，我却是无法相信。马荣，你吩咐班头布置下去，今日午后，将在坟场开棺检验陆明的尸身。"[1]

---

[1] 此处时间有误，联系后文，作者似是将本章中所述的晚衙开堂经过误记作早衙开堂。

第二十回

发冢验尸亲入坟场　死里逃生历述根由

城北一带人潮汹涌，看去简直如同百姓大举迁移一般，街头巷尾处处挤得水泄不通，皆是朝北门方向涌去。

狄公乘坐的官轿经过城门时，众人面目阴沉，默默让出道来，一瞧见后面还有一乘遮盖严实的小轿，立时高声欢呼叫好，轿内坐的正是陈氏。

长长的人流出城后，拐向西北而行，经过积雪的缓坡，直走到坟场所在的一片高地上，又顺着大小坟茔之间的蜿蜒曲径，最终会合在一处掘开的墓地周围，众衙役已在那里用芦席搭起了一座露天棚屋。

狄公下了官轿，见临时公堂已然设好，中间摆着高高一张木桌权作公案，旁边另有一张小桌，主簿坐在那厢呵着两手取暖。掘开的墓地前方，一口棺木正搁在撑起的支架上，掘墓人与两名副手立在一侧。棺木前的雪地上铺有厚厚的芦席，郭掌柜正蹲坐在一只手提火炉旁，用力煽风吹火。

到场的看众约有三百来人，围成一圈环绕四周。狄公在高桌后的椅子上坐定，马荣乔泰一左一右分立身后，陶干则走到棺木前好奇地上下打量。

轿夫将小轿放下，班头上前掀开轿帘，不由倒吸一口凉气，后退数步。只见陈氏双目紧闭，伏在轿内的横木上一动不动。

看众们见此情形，连声怨骂着挤向前去。

“去瞧瞧那妇人怎样了!”狄公对郭掌柜命道，又对几名亲随低声说道，“老天保佑，可别让她命丧于你我之手。”

郭掌柜小心扶起陈氏的头，见她眼皮忽然翕动几下，深深吐出一口气，于是移开横木，搀扶她下了轿子，又蹒跚走上前来。陈氏手拄一支拐杖，看见墓门大开时，朝后倒退了几步，又抬手以袖掩面。

“纯是做戏。”陶干厌恶地低声说道。

“一点不错，”狄公忧心说道，“不过众人就爱看这一出。”

狄公一拍惊堂木，敲击声在冰冷开阔的野地里听去薄弱不少。

“再过一刻，”狄公大声宣道，“将会对陆明的尸身进行查验。”

陆寡妇坐轿入坟场

陈氏忽地抬起头来，扶着手杖缓缓说道："老爷乃是百姓的父母官。今日早衙时，小妇人一时情急，言语莽撞，只因孤孀命苦，哪能不拼死维护自家清白，更不敢连累蓝大师英名受损，况且为此也已当堂受过责罚。如今恳求老爷高抬贵手，还请放过先夫棺木莫使有玷。"说罢双膝跪地，叩头三下。

众人纷纷点头赞许，这既是入情入理的让步与和解姿态，也是平日里司空见惯的了局方式。

狄公一拍案桌，断然说道："本人身为北州县令，若是没有掌握陆明被人谋害的充分证据，绝不会下令开棺验尸。陆陈氏纵然巧舌如簧，也断不能阻止本县恪尽职守。来人！开棺！"

掘墓人走上前来。陈氏复又站起，半转向众人大声说道："你怎可如此欺压平民百姓？莫非这就是你的为官之道？你口口声声说我谋杀亲夫，证据又在何处？如今我倒要说一句，即使你身为一县之令，也断不能一手遮天！听说官府的大门一向会对蒙冤受屈者敞开，可别忘了县官若是诬告无辜百姓的话，依律将要反坐！我虽是个柔弱寡妇，却也不会善罢甘休，非得亲眼看着你丢了乌纱帽不可！"

周围看众跟着高声叫道："她说的在理！我们不要尸检！"

“肃静！”狄公叫道，“如果尸检未能查出死者是被人谋害，本县心甘情愿领受此妇将受的刑罚！”

陈氏还要开口，狄公一指棺木，迅速说道：“既然证据就在那边，又何必白白拖延！”见看众正在犹疑，随即喝道：“动手！”

掘墓人手持凿子，插入棺盖下方，两名副手则从另一端撬起，沉重的棺盖很快便已松动。三人将棺盖放到地上，先用项巾掩住口鼻，再将尸身以及垫在身下的厚芦席一并从棺中抬出，又横陈于案桌前。有些唯恐错过好戏而趋至近前的看客一见这可怖的景象，不禁连连朝后退去。

郭掌柜将两瓶燃着的香柱置于尸身头脚两端，用一块薄纱遮住脸面，脱下厚手套，换上一副薄皮手套，抬头望向狄公待命。

狄公填好公文格目后，对掘墓人说道：“在动手验尸之前，你且说说是如何开掘墓穴的。”

“小人依照老爷的吩咐，”那人恭敬回道，“午后与两个帮手一起打开墓门，发现封住墓门的石碑从未被人动过，仍在五个月前竖起时的原处。”

狄公点点头，转而朝仵作示意。

郭掌柜拿了一块浸过热水的手巾，先将尸身揩擦干净，然后一寸一寸仔细检视。众人紧盯着他的一举一动，四下静寂得令人窒息。

从头到脚验过后，郭掌柜将尸体翻过身去，先查验脑后头骨，用食指探探颅底，又逐寸细看背面肌肤。狄公不禁面上色变。

郭掌柜到底站起身来，向狄公禀道："小人已经查验过尸身体外，看去并无暴力致死的痕迹。"

这时有人叫嚷起来："县官扯谎！将那女人放了！"但是站在前面的看客却吆喝后排之人闭嘴，为的是要听听仵作还有何说辞。

"小人恳请老爷许可再查验体内，"郭掌柜又道，"以便证实可否被下过毒。"

狄公尚未开言，只听陈氏叫道："你们还嫌不够？还要继续折磨我那可怜见的亡夫不成？"

"陆太太，就让这狗官自投罗网好了！"站在前排的一个男子大声叫道，"我们都知道你是冤枉的！"

陈氏还要开口时，狄公已对仵作示意，于是看众对陈氏嘘了几声，叫她少安毋躁。

郭掌柜用一枚细银签探入尸体内，仔细查看了多处裸露在外的骨节末端，过了大半日，终于停手起身，面带疑色望了狄公一眼。人满为患的坟场内，此时鸦雀无声。

郭掌柜犹豫片刻，方才说道：“小人不得不禀报老爷，死者体内并无中毒致死的迹象。据我看来，死因应非人力所致。”

陈氏叫嚷了几句，却被淹没在一片愤怒的声浪中。众人朝棚屋涌去，将几名衙役推到一旁，还有人高声叫道：“杀了这个狗官！他竟敢亵渎坟陵！”

狄公起身离座，立于案桌前方，马荣乔泰跳到左右两边，却被狄公一把推开。

前排看众瞧见狄公面上的神情，不觉住口收声，朝后退去，后面的人群也停止叫骂，意欲听听到底发生何事。

狄公将两手笼在袍袖中，声如洪钟，开口宣道：“本县既然说过会辞去官职，一定说到做到，绝不食言！不过在此须得申明一点，你们可要听好，在我未曾交出辞呈之前，仍然是北州县令，诸位要想取我性命，现在便可动手，但是切记如此行事，等同于犯下谋反大罪，并将依律遭到严惩！我人就在这里，你们一旦打定主意，只管放马过来！”

众人见狄公威仪凛凛，不禁畏惧踌躇起来。

这时狄公又道：“今日在场的如有行会首领，还请走上前来，本县可委托你们将尸身重新收敛下葬。”

一个身形魁梧的大汉排众而出，自称是屠夫行首。狄公命道："你务必亲自看视这几人将尸身抬回棺内，再送入墓穴之中，然后将墓门照原样封起。"说罢转身上了官轿。

入夜时分，二堂内一片悲戚静默。狄公坐在书案后方，两道浓眉紧锁。铜盆里的炭火已烧为灰烬，偌大的房内寒凉彻骨，然而似乎人人都不曾觉察。

案头的烛焰爆了几爆，狄公终于开口说道："方才我们已经商议过了结此案的所有可能。我要想死里逃生，就必须找到新的证据，而且必须尽快才行。"

陶干点起一支新烛，摇曳的亮光照在四人憔悴的脸面上。

忽听有人叩门，只见一名衙吏走入，急急禀道叶宾叶泰求见老爷。

狄公大吃一惊，命他立即带二人进来。

一时叶宾扶着叶泰走入，叶泰头上手上密密裹着绷带，面色青绿，举步维艰。

马荣乔泰助叶泰在长凳上坐下，叶宾开口说道："老爷在上，今日午后，四名农夫从东门外抬着一副担架，将叶泰送回家来，道是偶然发现他昏死在雪地中，后脑上开了个大口子，手指也被冻坏。经过几日的精心照料，今早他总算醒转过来，方才开口道出姓名来历。”

“到底出了何事？”狄公急忙问道。

“小民只记得在两天前，”叶泰有气无力地答道，“预备回家去吃晚饭，正走在路上时，忽然脑后重重挨了一下。”

“暗算你的人正是朱大元，”狄公说道，“他几时告诉过你有关于康与廖小姐在朱府私会之事？”

“回老爷，他从未对我说过。”叶泰答道，“有一次我在朱家书房外面等候时，听见朱大元在里面大声说话，我还以为他正在与什么人争吵，便将耳朵贴在门上，结果听见他大骂于康与廖小姐竟然在他家府内做下好事，骂得简直不堪入耳。这时管家过来敲门，朱大元立即闭口不言，等我被带进去时，却见他独个儿在书房内，并且心平气和，一副没事人的模样。”

狄公转头对几名亲随说道：“如此一来，廖小姐一案中最后的疑点也已澄清。”又对叶泰说道：“你无意中得知此事后，便跑去敲诈于康那倒霉的后生，不过上天也已对你降下重罚，从此可要好自为之。”

“我的手指都冻掉了！”叶泰颓然叫道。

狄公对叶宾点头示意，于是马荣乔泰助他一起扶着叶泰走出门去。

第二十一回

察民情军校传急信　赴祠堂狄公诉衷言

次日清早，狄公骑马出门，在街市中有人冲他叫骂，行至鼓楼附近，还险些被一块石头击中。

狄公驱马进入旧校场，绕行数匝后返回衙院，心想在升堂宣布关于陈氏一案的结果之前，还是莫要外出走动为上。

其后的两天里，狄公办理了若干县衙公务，三名亲随每日四处奔走、全力打探，奈何皆是徒劳无功。

唯一的好消息是从太原寄来一封家信，由大夫人亲笔所书，信中告曰其母业已转危为安、日渐康复，她们几个打算不久便动身返回北州。狄公想到如果陈氏一案不能勘破的话，自己怕是与妻儿从此再无会面之期，心中不胜悲凉。

第三日一大早，狄公正在二堂内用饭，衙吏报曰大将军派了一名百长前来送信，并声称非得亲自交与县令本人不可。

只见一名高大男子走进门来，全身披挂，盔甲上蒙着一层白雪，上前躬身行礼后，递上一只密封信袋，郑重说道："小校奉命行事，一定得带了老爷的手书，方可回营复命。"

狄公心中疑惑，瞥了那百长一眼，简短说道："你且坐下。"然后拆封细看。

信中道是近来军中密探报曰北州一带民心骚动，适逢突厥牧民正在边境处大量集结、蠢蠢欲动，因此大将军要求北军后防地区务必确保平安无虞，并且暗示说如果北州县令请求派兵进城助镇，立时便会批准照办，末尾处有统管北军巡兵的参将代表大将军署名并盖过印章。

狄公看罢面色惨白，旋即提笔回复道："北州县令得蒙将军及时惠告此事，心中甚为感激。今早必会发号传令，以确保治下立即恢复秩序法度，安稳如昔。"又在信上盖了县衙大印，然后交与来人，那百长收起后再拜辞去。

狄公起身召唤衙吏，命他取出全套朝服，再叫三名亲随前来。

马荣乔泰陶干进门一看，只见老爷已换上朝服，头戴一顶镶有金边的丝绒冠帽，不禁大吃一惊。

狄公凄然望着这追随自己多年早已亲如挚友的三人，开口说道："如今情势危急，断乎不可再继续下去。方才我收到大将军的来信，信中对北州的骚乱颇有微词，并提议要派兵进驻此地镇守，足见对我能否保境安民、统摄一方已然生疑。此时我预备去宅中祠堂内祭拜一番，叫你们来，只为作个见证。"

经过公廨与内宅之间的穿廊时，狄公心想自从妻儿们赶赴太原后，自己还是头一回踏入自家宅院。

狄公引着三人径去厅堂后的家祠。室内十分清冷，除了一只高可及顶的硕大橱柜与一张供桌之外，别无他物。

狄公点燃几炷香插入香炉中，在橱柜前屈膝跪下，三名亲随则跪在门口。

狄公站起身来，恭恭敬敬打开两扇柜门，只见里面摆放着许多木制牌位，分别置于小小的木刻底座之上，这便是狄家列祖列宗的灵牌，每块上面都用金字镌刻有人名、官位以及生卒年月。

狄公复又跪倒在地，叩头三下，然后闭目凝神静思。

上一次步入祠堂，还是在二十年前的太原家中，狄公与正室夫人刚刚成婚，父亲须得将此喜讯告知列位先祖。一对新人双双跪在父亲身后，那须发皆白、温和慈爱的清癯面容，至今如在目前。

然而此时父亲面上却是冰冷淡漠，直直立于一座阔大的厅堂门口，左右两边默然伫立着许多表情肃然的男子，众目睽睽尽皆盯在自己身上，而自己则跪在父亲脚下。眼前的长路一直延伸至极远处，遥望大厅的最后方，依稀可见一人身穿绣金长袍，静坐于高高的宝座之上，那便是狄家始祖，其寿数已经超过八百岁，比孔夫子年齿稍幼。

狄公跪在这静穆庄严的行列前，心中只觉安详平静，仿佛经过一场艰难而漫长的跋涉之后，终于返回家园一般，开口朗声说道："狄家声望素著，世代簪缨，今有不肖男仁杰，父讳承源，曾任朝廷尚书左丞，在此特为敬告列祖列宗。仁杰身为家中长子，一向立志为国尽忠、为民效力，但却未能恪尽职守，并犯下两桩死罪，一是证据不足而开掘他人棺木，二是诬告民妇谋杀亲夫，故此决意引咎辞官。虽则一片诚心、并无私念，奈何智短才疏，不堪委任，敬请诸位先祖宽宥容谅。"

狄公说罢沉默良久，于意念中眼看着众人渐渐隐去，最后望见父亲安然地整整大红衣袍，姿态惯熟，宛如平生。

狄公起身又揖拜三回，随后关上祠堂大门，转身示意三名亲随同出宅院。

回到二堂中，狄公决然说道：“我想独自一人清静半日，还须书写一份辞官的公函。你们几个将近午时再来，将我写好的公文拿去抄录，然后在城内四处张贴，如此一来，民愤自会平息。”

三名亲随默默一揖，又一齐跪倒在地，叩头三下以明心志，即无论老爷遭遇何事，身为下属者仍将忠心耿耿、矢志不渝。

三人退下后，狄公向上峰刺史手书一信，详述自己如何办案不利，又自承犯下两桩必死之罪，且并无理由可以请求开恩宽赦，署过大名后将书信封起，背靠座椅，长吁了一口气。这应是身为北州县令办理的最后一桩公事。今日午后，消息一旦公之于众，县衙大印便会移交给主簿掌管，并由主簿暂理衙内一应庶务，直至新任县令大驾光临。

狄公呷了几口热茶，对于这场即将临头的大难，此时倒是能够冷静预想一番。性命想必难保，惟有一事对自己有利，即当年在蒲阳任县令时曾领受过一方御匾作为嘉奖[1]，切望京师大理寺在量刑时会念及此事，并因此免于

[1] 见《铜钟案》第二十四回。——原注

籍没家产。至于身后留下的妻儿，家在太原的幼弟定会加以看顾照拂，然而即便是至亲同族，寄人篱下的滋味终归也不会好受。

如今岳母大人身体已然康复，必会全力帮扶女儿捱过即将来临的悲苦岁月。狄公想到此处，不禁心中甚慰。

第二十二回

郭夫人意外入衙院　狄县令决心重验尸

狄公起身行至火盆边，正立在地上暖手，忽听身后房门开启，此时被人搅扰颇觉恼怒，回头一看，进来的却是郭夫人。

狄公冲郭夫人一笑，温颜说道："郭夫人，我此刻十分忙碌。如有要事，你可去向主簿禀明。"

郭夫人双目低垂，静静立在当地，并未听命离去，半晌后低声说道："我听说老爷就要离开此地，因此特来致意，多谢老爷一向关怀体恤……我们夫妇二人。"

狄公转身望向窗外，只见雪光莹莹，透过窗纸映入，于是打起精神，勉强说道："多谢郭夫人一番好意，我也十分感激贤伉俪在这数月之中的多方襄助。"说罢站立不动，静待门扇关阖的声音。

那股淡淡的药香复又飘来。只听郭夫人在身后柔声说道："我知道男人很难猜度得出女人的心思。"

狄公疾转过身，郭夫人接着又道："女人自有女人的秘密，男人永远都不会想到，难怪老爷没能看穿陆陈氏的机关。”

狄公朝郭夫人趋近几步，屏息说道：“你是说你已有了新线索不成?”

“并非什么新线索，”郭夫人叹了口气，“只是一条旧线索而已……不过关于陆明之死，却是唯一的解释。”

狄公深深看了郭夫人一眼，哑声说道：“夫人请讲!”

郭夫人裹紧身上的斗篷，微微打了冷战，声音听去十分疲惫，“我们女人整日操持家务，缝补那些破烂不堪的衣物，还要修理旧毡靴，一边做活，一边胡思乱想，在微弱的烛光下熬得眼睛生疼，做啊做啊，边做边想……日日都是如此。毡靴的鞋底十分坚硬，直缝得手都酸了，于是便取出一枚细长的钉子来，用木槌往鞋底上打眼，打了一个又一个……”

狄公紧盯着郭夫人低头而立的窈窕身姿，正想开口温言几句，不料她忽又接着述说起来，声调仍是疲累倦怠，“我们捏着银针穿进穿出、来来回回，脑中来来回回也尽是些悲伤的念头——就像灰雀独自在笼中无谓地拍打翅膀一般。”

郭夫人抬起头来，狄公见她目光灼灼，不禁大为惊异。只听她又缓缓说道：“一天晚上，有个念头忽然冒了出来，于是她放下手中的活计，拈起一枚长钉来仔细端详……直如以前从未见过一般。这钉子是何等忠实可靠，非但使得她免于手指酸痛，且又在无数孤寂苦闷的日子里始终陪伴左右。”

“你的意思是说……”狄公失声叫道。

“不错，正是此意。”郭夫人依然语声清冷，“那些铁钉的钉头极小，用木槌完全敲入头骨后，便会隐没于发丝之间，绝难被人发现。谁也不会晓得她是如何杀的人……于是只好将她开释。”

狄公两眼灼热，直直盯着郭夫人，出声说道：“夫人，你真是我的救命恩人！一定就是如此！难怪陆陈氏十分惧怕验尸，然而验尸却又一无所获！”憔悴的面上浮出笑容，又轻声说道：“你说得一点不错！这秘密只有女人才会知道。”

郭夫人注视着狄公，默无一语。狄公又问道：“夫人为何如此悲伤？我不是已经讲过，你说得一定不错，这必是唯一的解释。”

郭夫人拉起兜帽套在头上，对狄公微微一笑，开口说道：“是的，老爷定会发现这便是唯一的解释。”说罢转身出门而去。

狄公立在原地，望着关闭的房门，忽然面色变得煞白，兀自静立许久后，方才叫来衙吏，命他去唤三名亲随立即前来二堂。

马荣乔泰陶干颓然走入，一见老爷面上的神气，三人立时精神一振，不觉绽出笑容。

狄公立在书案前方，两手笼在宽大的袍袖中，双目炯炯有神，开口说道："诸位，我已有了十足的把握，可在最后关头破解陆陈氏一案！只是须得对陆明的尸身再做一次检验。"

马荣愕然望向乔泰陶干，旋即咧嘴笑道："既然老爷说案子会破，那就一定错不了！何时再做尸检？"

"越快越好，"狄公迅速说道，"不过这次不在城外坟场，而是将棺木移至县衙内举行。"

乔泰点头说道："老爷自然深知城中百姓如今躁动不安，我也觉得比起野外开阔之地来，在衙院内更易控制场面。"

陶干仍是面带疑色，此时缓缓说道："适才我已吩咐过衙吏准备纸张、书写公告，从他们面上看得出皆已心知肚明。老爷即将辞官的消息很快便会传得满城皆知，要是听说再度尸检的话，恐怕会激起暴民造反。"

"我已仔细想过这一层，并且预备冒此风险。"狄公断然说道，"告诉郭掌柜在县衙大堂内备好尸检的一应用具。

马荣乔泰速去求见屠夫行首，还有皮匠行首廖掌柜，告知他们我决意再做尸检，并请他们随你二人同去坟场，亲自看着将棺木抬出后再一路送来。若是事事办得迅速妥当，便可在众百姓觉察之前将棺木运至县衙。消息一旦传出去，我相信常人的好奇心自会胜过对我的怨怒之情，况且又有广受敬重的行会首领在场，更会阻止看众们鲁莽行事。但愿直到午衙开堂时，不会发生任何不虞之事。”说罢报以鼓励的一笑，三人领命急急离去。

狄公脸上的笑容蓦地僵住，适才全凭鼓起全副精神，方能在三名亲随面前做出振奋之态，如今重又踱回书案后坐下，举手掩面，久久未动。

第二十三回

县衙开堂群情激愤　证据查获疑犯自承

正午时分，衙吏送上午饭，狄公却是一口未进，只饮了一杯热茶。

郭掌柜前来禀报过棺木顺利移至县衙的消息。然而此时衙院正门前却已聚集起许多百姓，口中怒骂叫嚷不休。

一时马荣乔泰走入，面色十分焦虑。马荣忧心说道："启禀老爷，如今大堂内群情激愤，还有许多人挤不进来，正在外面街上大声叫骂，并朝门板上乱扔石头。"

"随他们去！"狄公断然说道。

马荣对乔泰使个眼色，乔泰开口说道："老爷，还是让我去军营中搬些救兵来吧！他们可在衙院四周布起一道警戒线来……"

狄公拍案怒喝道："莫非我不是北州县令？这地方归我掌管，百姓也归我统辖，我自能设法应对，无须找外人援手！"

马荣乔泰心知说也无益，便不再言语，不过生恐老爷今番决断有误。

只听三声锣响，狄公起身穿过长廊，两名亲随紧跟其后。

狄公步入大堂，在案桌后就坐。四周一片令人不安的静寂。

堂下人多拥挤已近极致。众衙役站在原处，个个面上惊惶不定。陆明的棺木摆在左侧，旁边站着掘墓人及其副手，前面是扶杖而立的陈氏，陶干与郭掌柜则站在书办的桌旁。

狄公一拍惊堂木，宣道："开堂！"

陈氏突然叫道："一个将要辞官的县令，有何权力升堂理事？"

人群中响起一片怨怒之声。

"今日县衙开堂，"狄公宣道，"只为证实棉布商陆明死于谋杀。来人！开棺！"

陈氏登上高台一角，大声叫道："这个狗官竟想再次亵渎先夫尸骨，我们岂能容忍坐视！"

众人一面叫嚷着"杀了这个狗官"，一面蜂拥而上。马荣乔泰事先将长剑藏于衣下，见此情形，不由抬手握住剑柄。前排看众已将几名衙役推到两旁。

陈氏眼中冒出两团邪火，眼看着一场流血冲突一触即发，自己胜利在望，突厥人的狂野血性在体内愈发奔腾灼热，于是抬手示意，众人随即止步。只见她傲立于高处，身姿挺拔，光彩照人，胸脯上下起伏，指着狄公说道:“这个狗官……”

正当陈氏深深吸一口气时，狄公突然淡淡说道:“妇人，想一想你脚上的毡靴。”

陈氏尖叫一声，不由自主低头看去，再度直起身板时，狄公见她眼中头一次流露出真正的恐惧。前排看众迅速将县令老爷的意外发话告知身后之人。陈氏恢复自持后望向堂下，搜肠刮肚意欲再度开腔，人群中已是疑声四起。后方看众急切叫道:“刚才说了什么?”陈氏又要开口时，却被丁丁当当的斧凿声盖了过去。陶干上前助那掘墓人将棺盖迅速抬起，又放在地上。

“即刻便会真相大白!”狄公声如洪钟。

“不要信他的鬼话，他……”陈氏叫嚷一句，却见众人的注意力皆已转向尸身，便自行住口不言，后退几步靠在案桌一侧，两眼紧盯着横陈于芦席上的尸骸。

狄公一拍惊堂木，高声说道:“今日仵作只为查验死者头颅，并会拨开发丝细看头骨。”

郭掌柜蹲身下去。人满为患的大堂内一片寂静，只听得从外面街上传来含混的叫骂声。

郭掌柜忽然直起身来，面色苍白，哑声说道："启禀老爷，小人在死者发间发现了小小一块铁片，看去似是一枚钉头。"

陈氏镇定下来，大声叫道："这是圈套！有人在棺材里做了手脚！"

此时看众的好奇心已然占了上风，前排一个身形粗壮的屠户叫道："当日是我们行首亲自看着封起的墓穴。你这妇人闭嘴清静一会儿，倒要瞧瞧究竟是何东西！"

"仵作出示证物！"狄公对郭掌柜喝道。

郭掌柜从袖中取出一柄剪刀，陈氏见状直扑上去，却被班头捽住拽回，不料她竟如疯猫一般与班头动手厮打起来。这时郭掌柜已从头骨中拔出一枚长钉，高高举起示众，又呈至案上请老爷过目。

陈氏浑身一软，班头松开手后，只见她趺趺撞撞一头奔向书办那边，靠在小桌旁垂首而立。

前排看众将眼中所见大声告诉后排之人，一时间议论纷纷，后面还有人奔出衙院，跑到街上去散播消息。

狄公一拍案桌，待语声止息后，对陈氏说道："你用一枚铁钉钉入陆明头顶，谋杀亲夫，如今招是不招？"

陈氏缓缓抬起头来，浑身一竦，打了长长一个冷战，撩起额前的一绺乱发，木然说道："我招。"

看众们闻听此语，复又交头接耳议论起来。狄公靠坐在椅背上，待堂内人声止息，方才疲惫说道："本县愿听你的供述。"

陈氏整整衣袍，看去愈发娇小纤弱，音声清冷地叙道："那些似乎已是陈年旧事，还有什么相干呢？"背靠小桌，仰头望向墙上的高窗，忽又冲口说道："我丈夫陆明木讷愚钝，他能懂得什么？我心中自有向往，又怎能与他白头到老……"不禁叹息一声，接着又道："我生下一个女儿后，他说还想再要儿子，我实在忍无可忍。有一天，他抱怨肚子痛，我便在烈酒中加了些蒙汗药，给他当药喝下。待他睡熟后，我取了一枚给鞋底打洞的长钉，用木槌敲入他的头顶，只留下钉头在外面。"

这时堂下有人高声叫嚷"杀了这个女巫"，还有人愤愤斥骂，一腔怒火如今都冲着陈氏而去。

狄公猛拍惊堂木，喝道："肃静！"

大堂内立时鸦雀无声，官家威严总算自此恢复。

"匡大夫断定陆明死于心病猝发，"陈氏的语调转为轻蔑，"为了让他帮忙遮掩此事，我不得不暂时委身于他。他自以为通晓巫术，其实不过略知皮毛而已。等他开具出尸格后，我便与他一刀两断，从此一身轻松……

“大约一个月前，有天我从店里出来，不慎在雪地中滑倒，一个过路的男子扶我回到店内，在长凳上坐下，又替我推拿按摩脚踝。他的手每动一下，我便能觉出一股强劲的力道。我知道心中期待已久的那人终于来到眼前，于是放出所有手段来，只为吸引住他，但却能感觉到他在隐然抗拒。不过当他离去时，我确信他还会回来。”

说到此处，陈氏稍稍恢复了些许生气，“后来他果然又回来了！这次是我大获全胜。他就像一团烈火，对我又爱又恨，因为爱我而痛恨他自己，然而却是真的爱我！正是这种来自生命深处的本源之力，使得我们彼此纠缠……”

陈氏住口不语，垂下头去，声音再次变得疲惫：“我知道自己将会得而复失。他责怪我吸去了他的元气，并害得他打破了清规戒律，还说一定要一刀两断……我听了几乎要发疯，没了他我就活不下去，就会感到生机活力从体内渐渐消逝……我对他道是如果他离开我的话，我就会杀死他，正如杀死我丈夫一般。”

陈氏郁郁摇头，接着又道：“我真不该说这番话。从他投来的眼神中，我明知不但一切都已结束，而且必须亲手取他的性命不可。

“我将毒药喂在一片干茉莉花上，装扮成一个突厥少年前去浴堂，声称特为向他赔礼道歉，并预备彼此好合好散。他礼数周全，然而态度十分冷淡，并未说一句会替我保守秘密的话，于是我便将茉莉花瓣投入他的杯中。当药性发作时，他看我的眼神十分吓人，张开口却不能发声，但我明白他是在诅咒我，我也知道自己全完了……天呐，他是我唯一爱过之人……但我却不得不杀死了他。"

陈氏忽然抬起头来，直直望着狄公："如今我已是死人一个，剩下这具行尸走肉，随便你怎么处置都行！"

狄公眼看着陈氏转瞬之间样貌大变，不觉深为骇异。她那原本光润的面颊上显出深深的皱纹，双目深陷，暗淡无光，仿佛突然老去了十岁，倔强不屈的意志力已然消失殆尽，如今只留下一副空洞的躯壳而已。

"将供词念一遍！"狄公对书办命道。

大堂内一片死寂，惟有书办大声读出笔录。

"以上所述可否属实？"狄公问道。

陈氏点一点头，班头递过文书，让她在供词上按下指印。

狄公一拍惊堂木，宣布退堂。

第二十四回

夜探坟场主仆开棺　再登山崖二人会面

狄公迈步走出大堂，三名亲随跟在身后。堂下看众发出几声怯怯的欢呼叫好。刚一转回穿廊，马荣“啪”的一声猛拍乔泰肩头，二人皆是喜极难抑，就连陶干亦是笑逐颜开、合不拢嘴。

进入二堂后，狄公转过身来，三人见老爷面上仍旧冰冷漠然，与开堂审案时一般无二，不禁大为惊异。

“这一天实在够长，”狄公徐徐说道，“如今乔泰陶干可自去歇息，马荣还得留下。”

乔泰陶干愕然退下后，狄公取出写给刺史的书信，撕成碎片，抛入火盆之中，又默默凝视着纸屑悉数化为灰烬，方才对马荣说道：“你去换上猎服，再命人备好两匹马，牵到院内。”

马荣一头雾水不知底里，正欲开口相询，一看老爷的脸色，终是未发一语，领命而去。

此时已下起鹅毛大雪，搓棉扯絮一般飘落中庭。狄公抬头望去，只见天上铅云密布，对马荣说道：“我们得抓紧上路，看这情形，很快便会天黑。”

狄公拉起项巾，遮住下半个脸面，然后蹬鞍上马，二人从角门出了衙院。

经过城内大街时，只见许多百姓不顾风雪交加，仍然三五成群站在货摊的油布篷顶下兀自兴奋聚谈，对于骑马过街的二人并未在意，话题自然是今日县衙大堂上惊心动魄的一幕好戏。

一时行至北门，凛凛朔风从大漠方向扑面而来。狄公手持鞭柄，敲开值房大门，命守卒寻出一盏厚油纸糊的结实风灯来交给马荣。

出城之后，狄公一路朝西驰去。夜幕已然降临，雪却渐渐小了。

“老爷，莫非我们要跑远道不成？”马荣惴惴问道，“这天气可是很容易在山间迷路哩！”

“我知道如何走法，”狄公断然答道，“即刻便会到达。”说罢直奔坟场而去。

二人驰入坟场，狄公收缰勒马，徐徐前行，仔细看觑一座座坟茔，经过掘开的陆明之墓后，直走到最远角处，又甩镫下马，四处逡巡，不时低声咕哝几句，马荣紧紧跟在后面。

狄公忽然止步，用袍袖揩去一块墓碑上的积雪，见碑上刻着墓主姓王，便对马荣说道：“就是这里，帮我掘开此墓。在我的鞍袋中有两把铁锹，你去拿来。”

二人使出浑身力气，铲去底座周围的积雪与泥土，终于将墓碑扳得松动乃至倒地。这时天色已然暗黑，更兼乌云遮月，寒凉彻骨，狄公却是大汗淋漓，从马荣手中取过点亮的风灯，弯腰钻入墓门。

墓穴内不但十分闷塞，且有一股陈腐之气。狄公举起风灯一照，只见地上并排摆放着三口棺木，又细看上面的字迹，走到最右边的一口棺木前，对马荣低声命道：“你来提着风灯！”

马荣焦虑不安地盯着狄公，摇曳的灯光下，老爷看去面容憔悴，伸手从袖中摸出一把凿子，又用铁锹作为榔头，开始猛撬棺盖，敲击声在拱顶下发出空洞的回响。

“你去撬那一头！”狄公命道。

马荣放下风灯，用力将铁锹插入板缝，脑中一片混乱，只知此刻正与老爷一同做着偷偷发冢开棺的要命勾当。密闭的墓穴内虽有几分温暖，马荣却仍是两股战战。

不知撬了多少时候，马荣只觉后背酸痛。这时棺盖终于松动，用铁锹便可将其完全撬起。

“扔到右边去！”狄公喘息说道。

二人猛然发力一推，棺盖“哐啷”一声落在地上。

狄公用项巾掩住口鼻，马荣赶紧依样而行。

狄公举起风灯，照入棺内，只见里面躺着一具骸骨，衣物已大半朽烂，只残留着几块碎片覆在身上。

马荣退后几步，狄公将风灯递给他，弓腰伸手触摸棺内的骷髅头，发觉已然松动，便取出头骨，凑近细看。闪烁不定的灯光下，马荣只觉那两只黑洞洞的眼窝似乎正对着老爷斜眼狞笑。

狄公忽然摇摇骷髅头，里面丁当作响，似有金属之音，又朝头顶处细细端详，并用指尖摩挲几下，然后小心放回原处，嘶哑说道：“此事已了，我们回去吧。”

二人钻出墓穴，只见天上铅云已散，一轮圆月当空，荒凉阒寂的坟场沐浴在一片银辉之中。

狄公吹灭风灯，说道：“如今再将墓碑立回原处。”

二人又费了半日工夫，方才重新立好墓碑。狄公铲了许多泥巴与积雪堆在底座周围，随后蹬鞍上马，一路朝坟场大门驰去。

马荣终于按捺不住好奇心，开口问道：“老爷，里面埋的到底是谁？”

“明日自有分晓，”狄公答道，“早衙开堂后，我会下令调查另一桩杀人案。”

行至北门前时，狄公勒住马匹，对马荣说道：“一场大雪过后，今夜天气晴好，你可自回县衙，我想去那边山间兜上一圈，稍稍清醒一二。”不等马荣张口，便掉转马头疾驰而去。

狄公一路朝东而行，直到药坡下方才止步，俯身低头细看雪地，然后翻身下马，将缰绳系在枯树桩上，径直朝山上走去。

崖顶的木栏边立着一个颀长女子，身披灰皮斗篷，正凝眸望向远方广袤银白的大漠，听见狄公的脚步声，缓缓转身，沉静说道：“我知道老爷一定会来这里，因此先行一步，在此等候。”

狄公立在对面，默然不语。郭夫人接着又道：“看你一身的尘土，靴子上也满是泥巴！想来已经去过那里了？”

“不错，”狄公徐徐答道，“我带了马荣同去。官府必须调查那桩旧案。”

郭夫人不觉睁大两眼。狄公望向她身后，搜肠刮肚，却是口中难言。

郭夫人裹紧斗篷，木然说道：“我早料到会有这一天，不过……”略停片刻，凄然又道：“你却有所不知……”

“我知道！”狄公冲口说道，“我知道五年前你为何会如此行事，并且我也知道……你为何会对我道出此事。”

郭夫人低头默默饮泣，看去令人怪讶。

“秩序法度必得恢复，”狄公说话时语不成声，“即使……即使它会毁灭你我。请你相信，它比我要强大而有力得多。其后的几日，对你来说将是人间地狱……对我亦是如此。我祈求上天让我另有选择，然而终是不能……你是我的救命恩人！请你……请你饶恕我！”

“老爷说哪里话！”郭夫人出声叫道，面上带泪微微一笑，又柔声说道，“我自然知道你将如何处置，否则便不会对你道出实情，我也绝不希望你会是别样的人。”

狄公意欲开口，却是情动于衷难以遏制，一时竟至语塞，只得绝望地四目相对。

郭夫人掉头顾视一旁，喘息说道：“别再说了！也别看着我，我受不了眼睁睁地瞧见……”说罢抬手捂住脸面。

狄公静立不动，只觉心中仿佛正被一柄冰冷的利剑缓缓刺穿。

郭夫人忽又扬起头来，狄公张口欲言，却见她竖起手指放在唇边，嘴角颤动着微微一笑，“不不！不要作声！你可记得花瓣飘落雪上的诗句？要是侧耳细听，此刻就会听见……”抬手指向狄公身后的梅树，欢然说道，“你瞧，那一树梅花如今已经盛开！快看，快看呐！”

夜登崖顶二人永诀

狄公转身望去，不禁神为之夺，眼前的景致着实令人窒息。只见梅树的剪影映在夜幕中，枝干得沐清辉，染成一色银白，纤小红艳的花朵密布其上，犹如点点闪亮的宝石。一阵微风吹过，几片花瓣翩然离枝，打着旋儿缓缓飘落在雪地之中。

忽听背后“哗啦”一声响，似是木头碎裂。狄公疾转过身，只见木栏已断，崖顶上只剩下他独自一人。

第二十五回

郭掌柜道出旧命案　二京官入城传诏书

狄公一夜辗转难眠，次日起床甚晚。衙吏送进热茶，又黯然说道："启禀老爷，仵作郭掌柜的夫人不幸出了意外，昨晚她照例去药坡上采药，定是靠在木栏边时栏杆断裂。今日一早，有猎户在崖底发现了她的尸身。"

狄公惋惜感叹几句，命他叫马荣前来。二堂中只有二人时，狄公肃然说道："马荣，昨晚我办了件错事。至于你我夜探坟场一节，千万不可告诉旁人，最好彻底忘掉！"

马荣不住点头，郑重说道："回老爷，我虽说脑筋不大好使，但总还懂得依令行事。既然老爷说叫我忘掉，我就忘掉好了。"

狄公深情地看了马荣一眼，命他退下。

一时有人叩门，却是郭掌柜走入。狄公立即起身上前相迎，自不免悼亡慰逝一番。

郭掌柜抬头望向狄公，硕大的两眼中露出哀痛之情，徐徐说道:“老爷,这并非是一场意外。拙荆对那地方了如指掌,木栏也十分坚固。我心知她定是自寻了短见。”

狄公扬起两道浓眉。郭掌柜仍然语气平缓地叙道:“启禀老爷,小人以前曾犯下一桩大罪。当日我向拙荆求婚时,她便坦言曾有过杀夫之举,我道是自己并不在意,只因深知她那前夫性情凶暴,且常以虐害人畜为乐,心中暗觉如此恶徒理应被除去才是,虽然我自己并无这般勇气。老爷明鉴,我并不是那种能行大事之人。”

郭掌柜抬手无力地挥了一挥,接着又道:“当时我并没追问详情,后来彼此也再未提及,但我深知她常常想起此事,并且饱受疑虑折磨。我理应敦促她前去官府自首,但又私心颇重,一想到要失掉她便不能忍受……”说罢双目低垂,嘴角抽动几下。

“既然如此,你为何又要旧事重提?”狄公问道。

郭掌柜抬头答道:“回老爷,因为我深知这正是拙荆的心愿。陆陈氏一案令她五内震动,觉得自己非得以死赎罪不可。她是一个十分诚挚的女子,我知道她希望自己的旧罪会被报官,惟其如此,方可洗去宿孽,换得来世清白,故此特来道出此事,并且作为同案犯自承罪状。”

“你可知道这是要杀头的罪名?”狄公问道。

“自然知道!”郭掌柜面露惊诧,“拙荆亦知她一旦离去的话，我也不会苟活人间。”

狄公默默捋着长髯，为这一片忠心而惭愧不已，半晌后说道：“郭掌柜，我不能在令内身后对她提起诉讼。她从未对你讲过究竟是如何杀人，我也不能仅仅因为道听途说便发棺验尸。并且据我想来，如果令内当真有意将她口中所说的罪案报官的话，理应留下一份手书的自供状才是。”

“老爷说得有理，”郭掌柜沉思道，“我竟没想到这一层，如今真是心乱如麻……”又轻声自语道，“今后定会十分孤单……”

狄公起身离座，走上前去，问道：“陆陈氏的女儿可还在你家中？”

“是的，老爷，”郭掌柜面上浮起一丝笑容，“那小姑娘端的是乖巧伶俐，拙荆后来也十分喜爱她。”

“如此说来，你自是责无旁贷！”狄公决然说道，“一旦陆陈氏一案了结，你就将那女孩正式收养，当作自己的女儿。”

郭掌柜感激地望了狄公一眼，懊悔说道：“头一次验尸时，小人未能发现铁钉，竟还未就此事向老爷谢罪，想起来真是不胜惶愧，还请老爷……”

“过去的事无须再提。”狄公迅速说道。

郭掌柜双膝跪地，叩头三下，起身简短说道："多谢老爷。"转身离去时，口中又道："老爷真是一个大好人。"说罢缓缓朝外走去。

狄公只觉面上热辣，好似被鞭子狠狠抽了一记，踱回书案旁重重坐下，忽又想起郭掌柜曾提到郭夫人心怀疑虑。"欢去恨留长"——她果然读过全诗。"新情……"狄公默诵至此，不禁伏首案上，久久未动。

过了不知多少时候，狄公方才抬起头来，蓦然忆起很久以前与父亲的一番谈话。那还是三十年前，自己刚刚科场初战告捷，在家中踌躇满志地倾诉怀抱，过后父亲说道："仁杰，为父相信你定会前程远大，不过须得预备好面对一路艰辛！并且日后你自会发现，高处不胜寒。"当日自己信心满满地应声答道："大人，艰辛孤独只会使男儿历练得越发坚强。"父亲听罢只是凄然一笑，那时心中甚为不解，如今方才憬然有悟。

衙吏送进热茶，狄公慢慢呷了几口，忽觉人生际遇竟是如此古怪离奇，事过无痕竟似从来不曾发生过一般。然而洪亮已经亡故，另有一女一男令我自觉羞愧难当，我却仍然身在此间端坐饮茶。人世如潮奔涌向前，而我已是不复以往。人世如潮永无止息，而我却想退步抽身。

狄公只觉筋疲力竭，心想不如就此辞官引退，好去安闲度日，但是亦知尚不可行。肩上无累、一身轻松之人方可功成身退，然而自己却仍负有诸多责任，不但曾经立誓要为国为民尽忠报效，而且家中还有妻儿，故此不可半途而废，不可如懦夫一般逃避应尽之责，必须仍旧勉力前行。

想到此处，狄公心意渐定，又独自沉思良久。

大门忽然开启，狄公吃了一惊，只见三名亲随急急奔入。

“启禀老爷!”乔泰兴冲冲地叫道，“从京城里来了两名钦差，日夜兼程，刚刚赶到北州!”

狄公惊异地看了三人一眼，命他们先将贵客引至花厅中稍事休息，自己换过官服，即刻便去相迎。

狄公步入花厅，只见两名钦差身着辉煌耀眼的锦袍，从官帽的徽识上认出是京师大理寺正，不禁心中一沉，跪倒在地，想来必是要出大事。

年长的寺正连忙上前扶起狄公，恭敬说道:“大人快快请起，如此大礼，下官可不敢当。”又将狄公引至尊位坐下。

狄公一时惊呆不知所以。只见来人走到高高的供桌前，小心捧起桌上的一卷明黄帛书，又恭敬呈上:“还请大人读过圣旨。”

迎钦差狄公接圣旨

狄公起身一揖，接过帛书，缓缓展开，特意将上方盖有御玺之处举得高过自己头顶。

圣旨中道是狄仁杰，太原人氏，历任地方县令凡十二载，政绩卓著，如今任命为京师大理寺卿。此乃当今圣上亲许，并有御笔朱批。

狄公卷起帛书，重又送回桌上，面朝京师长安方向跪倒在地，行过三拜九叩之大礼以谢主隆恩。

礼毕之后，狄公站起身来，两名钦差又上来躬身揖拜。年长者恭敬说道："我二人有幸被任命为大人的副手，方才擅作主张，已将圣旨的抄件交与衙内主簿，好拿去在城内四处张贴。众百姓得知老爷荣升，自是欢喜不迭、与有荣焉。明日一早，我二人便陪同大人一路前往长安，只因圣上有旨，命大人尽早入京就任。"

"大人的继任者也已任命，"年轻的寺正从旁说道，"想必今晚便会抵达此地。"

狄公点头说道："如今二位且去休息，我得去二堂中整理好一应文书，以期移交与新任县令。"

"若是能从旁协助大人，我二人将不胜荣幸。"年长者一脸谄媚。

狄公一路走回公廨，只听远远传来鞭炮之声，北州百姓已开始庆祝县令老爷升任要职。

主簿上前恭迎，道是衙内一应吏员正等在大堂内，预备恭喜老爷。

狄公登上高台，两名钦差分立左右，只见所有书办、衙吏、衙役、守卫等齐齐跪在案桌前，三名亲随也在其中。

狄公开口向众人致意，谢过所有属员在自己任职期间的出力做公，并宣布将根据各自品级职位颁发奖赏，又望着忠心耿耿追随多年的三名亲信，当场任命马荣乔泰为大理寺禁军左右统领，陶干为主簿。

堂下众人一片喜悦，百姓们也在外面街上聚众欢呼，大声叫着“县令老爷福寿绵长”。狄公只觉人生真是一出滑稽戏，心中不禁十分酸苦。

狄公返回二堂，马荣乔泰陶干正要奔入道贺，却见两名钦差神情庄重，正从旁襄助老爷换下官服，于是戛然止步。

狄公遥望三名亲随无奈地笑笑，三人旋即退下。房门关闭时，狄公猛然省悟，以往那些相濡以沫、不分彼此的岁月已是就此终结，心中不由一阵痛楚。

年长的寺正取出自己最心爱的皮帽给狄公过目。狄公虽说入仕已久，早已学会遇事不动声色，不过看到如此敝旧的毛皮时，仍是忍不住扬起一道浓眉。

“大人被直接擢升为寺卿之职，实乃少有的恩遇殊荣。”年轻的寺正温文说道，“依照常例，圣上总是从年长资深的各地节度使中择人。想来大人的年纪不过五十有五吧！”

狄公心想这人的眼力实在不算上佳，应知自己不过四十有六而已，转头朝镜中一瞧，却惊异地发现经过这几日煎熬之后，原本漆黑的一副美髯，如今已杂有不少银丝。

狄公将案上的公文一一整好，不时对两名钦差简要解说几句，看到关于官府借贷的提案时，想起自己曾与洪亮一同费心费力研究此务，一时兴起，竟至滔滔不绝起来。两名钦差从旁恭顺倾听，但是狄公很快便觉察出二人兴趣索然，于是叹息一声，收起文书，再度想起父亲说过的话：“高处不胜寒。”

此时在三班房内，马荣乔泰陶干团团围坐在地中央一堆熊熊燃烧的柴火旁，方才议论了一回洪亮，如今正对着火苗默然注视。

陶干忽然开口说道：“那两位从京师里来的大老爷，不知今夜可否有兴与我掷骰子戏耍一回！”

马荣抬起头来，粗声粗气地说道：“别再惦记什么掷骰子了，主簿大人。今后你也算是身居高位之人，总得学着有点派头。老天有眼，总算让我不必再瞧见你那身油腻腻的老羊皮袄，实在难看得要命！”

“过几日到了京师长安，我自会找人将它改改，”陶干面不改色地说道，“马荣贤弟，你也不必再与人拳来脚去地辛苦恶斗了，如今头发都已变白，还不赶紧将这些费力的活计留给少壮之人！”

马荣伸出大手摩挲几下膝头，感慨说道：“唉，须得说有时真是腿脚僵硬得很。”忽又咧嘴一笑，“大哥，去了京城之后，如你我这般的英雄好汉，定能弄到不少一等一的小娘子！”

“别忘了京城中还有许多花花大少，定会与你一争高下哩！”陶干淡淡说道。

马荣面色一沉，搔着头皮若有所思。

“你这苦瓜脸趁早闭嘴！”乔泰冲陶干叫道，“须得说如今上了几岁年纪，有时竟觉得独个儿睡上一夜倒也颇为受用。不过，各位兄弟，有一样东西总会陪在你我左右！”说罢抬手作势举杯。

“就是好酒！”马荣叫着一跃而起，“大家快走，且去城中最好的酒肆里痛快喝它一回！”

马荣乔泰一左一右挟起陶干，拽着他直朝衙院正门而去。

后记（一）

无头女尸案取材于中国宋代笔记小说《棠阴比事》之《从事函首》。书中记载公元950年，一名商人外出多日后返回家中，发现其妻的尸身横陈室内，且人头不翼而飞，于是妻家告他犯有杀人害命之罪，商人熬不过酷刑，终于屈打成招。一名机智的判官心生疑惑，询问当地的掘墓人可否办过异乎寻常的丧事，结果一人报曰曾为一富户葬其婢女，感觉棺材分量甚轻。于是判官命人开棺查验，结果发现棺内只有一颗人头，后来查明原是富户与商人之妻早有奸情，趁着商人出门在外，杀了婢女后，将无头尸置于其家中，并将其妻藏匿起来充为姬妾。这一则故事本身内容比较简单，既留下了许多想象的空间，且又存在某些不甚合理之处，比如商人居然不曾识出尸身并非其妻。笔者在运用这一素材时，则尽量避免了这些不合理的方面。

铁钉杀人是中国古代公案小说中最著名的故事之一，

最早的记载来自《棠阴比事》之《庄遵疑哭》[1]。此案归功于一位生活在公元元年前后的睿智判官严遵。这些故事的中心内容基本一致：尽管死者妻子的嫌疑甚大，但是尸身并无暴力致死的痕迹，令判官十分迷惑。至于最终如何发现铁钉，则是各有说法，最古老的一个版本是严遵留意到一群苍蝇聚集在死者头顶某处。就笔者所知，最新的一个版本出自于十八世纪中国公案小说《武则天四大奇案》，笔者曾将此书译成英文，名为《狄公案》（东京，1949 年），书中狄公将县衙布置成阴曹地府，使得死者之妻以为自己到了阎君面前，从而供出实情。由于这一情节无法介绍给西方读者，笔者便在本书中采用了另一种方式，来自于 1881 年出版的斯丹特（G. C. Stent）《中国评论》第 10 卷（*China Review*, *Volumn X*）中的《双钉案》。仵作没能在死者尸体上发现暴力致死的痕迹，其妻建议他去寻找铁钉。判官以铁钉为证据控告寡妇谋杀亲夫后，又怀疑仵作之妻何以能得知如此巧妙而隐蔽的杀人方式，便将她召来问话，结果发现她另有前夫，开棺验尸后，发现其前夫头骨中也

[1] 四部丛刊续编本《棠阴比事》，商务印书馆，上海，1934 年 8 月。原文如下：庄遵为扬州刺史，巡行部内，闻一哭声，惧而不哀，驻车问之，答曰：夫遭火烧死。遵疑焉，因令吏守之。有蝇集于尸首，吏乃披髻视之，得铁钉焉，因知此妇与奸夫共杀其夫也，即案其罪。

有一枚铁钉，于是两个女人都被处以死刑。[1]

在笔者以前的几部狄公案小说中，县令总是显得无所不能，且从来判断无误，总是比罪犯更胜一筹，但在此书中则描写出另外一面，突出强调他一旦决断有误的话，便会面临巨大的压力与风险。县令虽然身居高位，并且拥有近乎绝对的权威与远远超过普通百姓的优越性，但这些不过是借来的荣耀而已，完全源自他得以任命的官府之威望，而并非出于他本人的阶层或地位。神圣不可侵犯的是法律本身，而并非是制定法律的判官，县令不可能因其职位而要求任何豁免或特权，同样将受到反坐的制约，这一原则在中国古已有之，意指某人如果诬告他人，将会受到与被诬告者同样的刑罚。在陆陈氏一案中，笔者运用了《狄公案》英译本中的某些特色，同时试图依照某些读者的要求——这一要求并非不合情理——表达了女性应在狄公生活中扮演更为重要与美好的角色这一思路。

在于康与廖莲芳的故事中，应当指出的是，尽管中国人对于男子的婚前性行为向来格外宽容，但是他未来的

---

[1] 查得出自《折狱龟鉴》卷五《察奸》之《子产闻哭》后附之张咏事，原文如下：张咏尚书镇蜀日，因出过委巷，闻人哭，惧而不哀，亟使讯之，云夫暴卒。乃付吏穷治。吏往熟视，略不见其要害，而妻教吏搜顶髻，当有验。及往视之，果有大钉陷其脑中。吏喜，辄矜妻能，悉以告咏。咏使呼出，厚加赏劳。问所知之由，令并鞫其事。盖尝害夫，亦用此谋。发棺视尸，其钉尚在。遂与哭妇俱刑于市。

妻室却属于完全不可染指之列，其原因大概是与青楼妓女或其他无关女子的来往私情只是该男子的私事，然而婚姻却被视为关系到整个家族的大事，举行婚礼时，须对祖先郑重告知，如果未经正式报知便在婚前发生性事，则被视为对列祖列宗的极大冒犯，是极为不孝之举。从上古时代开始，中国人便将对父母（无论在世还是过世）的不孝列为“不道”之罪，情节严重时可处以死刑。

祖先崇拜是中国人宗教生活的重要基石。每个家庭都有自己的祠堂，里面供奉着木头牌位，通常认为诸位先祖的魂灵附于其中，族长须向这些魂灵报告家族中发生的重要事件，并定期备好食物供奉献祭，因此已故之先人仍然参与现世活动，家族内的联系穿越了生死界限。以上这些事实，均是关于本书第二十一回中背景内容的解说。

祖先崇拜还揭示出为何亵渎坟墓会成为死罪之一。在 1911 年中华民国成立之前，中国的法典中一向有如下规定：“所有开掘破坏他人陵墓并导致棺木暴露者，将被杖责一百，终身流徙三千里。犯下以上罪行后，继续开棺并使得棺内尸体暴露者，将在被关押后处以绞刑。”（《大清律例》）

关于拳师蓝道魁一节，需要指出的是，中国拳术是一门非常古老的技艺，目的并非是为了击败对手，而是在于强身健体、修身养性。十七世纪时，中国流民将此技艺传到日本，从此发展出著名的日本柔道，或称柔术。至于蓝道魁与陆陈氏的关系，笔者或可指出，古代中国人持有某些理论，如果以旁门左道的方式来实践的话，则与西方中世纪的吸血鬼之说颇为接近。有兴趣的读者可从李约瑟博士（Dr. Joseph Needham）的《中国科学技术史》（*Science and Civilisation in China*，Cambridge University Press，1956）中发现更多细节。关于这方面的内容，此书第二卷第 146 页中亦曾提及笔者本人的拙作。[1]

本书第十四回中关于碎糕饼的争执以及断案过程，取材于《棠阴比事》之《孙宝秤馓》[2]，此案归功于汉代一名颇具洞察力的判官孙宝。

七巧板又称七慧板，由古代中国人发明，流行于十六与十七世纪，当时一些著名学者还撰写过有关七巧板拼图的书籍，本世纪初在西方国家也逐渐开始流行，有时在玩具店中仍可见到。

高罗佩

---

[1] 详见译后记。

[2] 四部丛刊续编本《棠阴比事》，商务印书馆，上海，1934 年 8 月。原文如下：汉孙宝为京兆尹。有卖镮馓者，今之镮饼也，于都市与一村民相逢，击落皆碎。村民甘认填五十枚，卖者坚称三百枚，争至太守之前，引问无以证明。公令别买一枚，秤之，乃都秤碎者，细折分两，卖者乃伏虚诳之罪。

后记（二）

关于中国古代司法管理，笔者在以前出版的四部狄公案小说之后记中已经作过介绍，在此无须赘述，以下是关于这几部小说的几点综合评议，同时也是对某些读者提出的问题予以答复。

我在研究了汉语与中国历史超过十五年之后，1940年，偶然看到一本由十八世纪无名作者所著的公案小说，从此对中国罪案文学发生了兴趣。[1]由于对这部书的兴趣异常浓厚，我将它译成英文，并于1949年在日本东京出版，名为《狄公案》。在注释中，我列出了中国罪案文学书目，并在第231页中提到“在现代侦探小说作家中，如果有人试图亲手创作出一部中国古代公案小说来，将会是一个有趣的尝试。此译本已经展示出小说的风格模式，在列举的书目中，还可找到大量极富中国特色的故事情节”。当时在中国与日本的图书市场上，充斥着大量翻译拙劣的西方三流惊悚小说，我看到这种情形，便下定决心要亲自实践上面提到的尝试，主要是为了向东方读者证明，他们本民族的古代探案文学中拥有何其丰富的现代侦探小说素材。虽然我以前从未有过创作小说的经验，但却认为若是依赖过去十多年中读过的中文作品，并且严格遵循中国传统小说模式的话，还是值得一试。1950 年，我在东京写出了《铜钟案》，下半年又完成了《迷宫案》。起初我并无意要出版这两部小说的英文本，只是将其作为预备出版的中文本与日文本的写作底稿。后来，当西方朋友对这种形式新颖的侦探小说表示颇有兴趣时，作为又一个尝试，我才将《迷宫案》的英文本公之于世（1956 年在荷兰首次印刷，在英国出版发行）。此书获得成功后，为了给整个系列小说提供适宜的开篇章，我又写出了另外三部小说献给东西方读者，即 1952 年在新德里完成的《湖滨案》，1956 年在贝鲁特完成的《铁钉案》，1958 年在贝鲁特完成的《黄金案》❷。尽管这五部小说的写作顺序如上，然而在狄公案小说年表中——内容自然纯属虚构——正

---

❶ 文森特・斯达莱特（Vincent Starrett）是一位研究罪案文学的杰出学者，我为自己能与他一道发现中国公案小说的价值并因此分享这一功绩而深感自豪。他是一位出色的小说家，在旅居中国时，对这一题材产生兴趣，并写出了引人入胜的文章《中国探案故事》（*Some Chinese Detective Stories*），收入其著作《书人的假日》（*Bookman's Holiday*），1942 年纽约兰登书屋出版。——原注

❷ 此处疑为笔误。综合其他相关资料，应为 1956 年在贝鲁特完成《黄金案》，1958 年在贝鲁特完成《铁钉案》。

确的阅读顺序则应为:《黄金案》—《湖滨案》—《铜钟案》—《迷宫案》—《铁钉案》。

虽然每部小说的实际创作时间大约是六周左右，但是动笔之前的准备工作却要漫长得多，不过，奠定基础的过程带给我的乐趣，与写作本身亦是不相上下，尤其是这一任务可以化整为零、分散进行，因此被我视为日常职业工作中忙里偷闲、令人愉快的一项消遣。首先，我必须从中国古籍中，选定一些适合交织起来组成长篇小说的素材，有时可从中国古代罪案文学中找到细节完整的故事，有时则只是犯罪学或医学书籍中寥寥数行的简短大意，或是其他书籍或文章中记述的逸闻趣事。在《铜钟案》中，三条主线全部出自中国古籍，但在其后的四部小说中，我本人则不得不加入相当多的细节，读者如果看过后记中的资料来源介绍，自会明白其中详情。

狄仁杰之所以被我选为中心人物，是因为比起中国古代其他著名侦探来，我们对他知之更详。关于狄公在朝廷做官时的经历，中国古书中有着格外翔实的记载，关于他后半生政绩的详录，使得我们能够清晰地勾画出其面貌形象来。在林语堂新近出版的历史小说《武则天传》（1959 年伦敦出版）中，狄公扮演了十分重要的角色，被称为“一代之魁首”。我在本书中附上狄公画像，时年大约六十八岁，身着当朝宰相的全副官服，右手持有作为身份象征的象牙笏板。此像出自雕版印刷的《古今圣贤图考》[1] 一书，由学者顾沅将从古庙与古籍中搜集到的古代名人画像汇编而成，出版于 1830 年。

至于狄公的四名亲信，即洪亮、马荣、乔泰、陶干，我是从上文提到的译作《狄公案》中发现了这四个人物，便沿用了其姓名与主要性格特征（自然全是虚构而成），但在塑造人物性格时，却多是依据我本人的主观喜好。至于其他人物，我尽可以从中国史书与旧小说里描写的各式各样的人物类型中去任意选择。

选定了情节主线与相关人物后，我还得创造一个适宜的地理背景。每部小说中，故事的发生地都是在中国某县城，尤其是在衙院之内，中国公案小说中所有重大事件都发生在此处，然而场景本身却总是一成不变。为了将这种不可避免的重复降至最低限度，我有意将每部小说的时间都设定为狄公新近赴任一地之后的头几个月内，因此才可有机会创造出一个完全不同的背景环境来。

在确定这一背景之前，我首先要画出一张虚拟县城的草图，这是一项引人入胜的工作，常常会对以后的情节

[1] 又名《古圣贤像传略》，高罗佩先生藏有一册。

发展提供不少新思路。中国的每座古城都具有大致相同的地标：首先自然是县衙，然后是孔庙、关帝庙、鼓楼等等，至于其他部分，可以随自己的喜好进行设计，还可加入曾经造访或是居住过的城市的某些特色。这些地图以中国传统的半图画方式绘成，附在每本小说最末。

前期工作的最后一步是列出时间表，将事件发生过程划分为若干天，每一天又划分为早午晚三段。由于古代中国人并不依照我们现代的钟点而生活，因此我在书中很少提及日期与时辰，但是仍然需要一个时间表来作为参考，为的是掌握书中所有人物在某一时刻身在何处，并且有何举动。

这些前期工作悉数完成后，我终于可以开始动笔写作。随着情节、人物与地点都已准备就绪，实际写作过程便可相对顺利地进行，所有一鳞半爪的细枝末节，都会自动涌入脑海并各归其位。比如旧小说中引用的一处绝妙反诘，黄包车夫们讲过的一则笑话，经籍中一个令人过目难忘的警句，茶楼中偶然听到的一段对话——所有这些小小的点滴逸事，如同一颗颗谷粒，源源不断流入我的磨坊之中。最大的困难在于如何防止笔下的人物失控。我经常会对某个角色过于热心投入，以至于受到一种诱惑，想要使他（她）参与所有与主线情节无关或并非直接相关的活动——对于侦探小说而言，这种做法绝非合宜之举。

在塑造狄公这一形象时有一个难处，即在历史悠久的中国传统中，判官不可表现出任何人性的弱点，并且从不允许在办案时带入个人情感。由于我本人并不想创造出完全高高在上的超人式侦探形象，因此试图将狄公塑造成介于中国传统的“超人”与我更为偏爱的有血有肉富于人情味的类型——很可能也为许多读者所喜爱——之间的形象，并试图通过强调狄公的某些特点（我们将其视为缺点，然而中国老派读者却将其视为理所当然，甚至是优点）来达到调和的目的。比如我曾指出，狄公在思想上过于倾向儒家，包括在诗歌与绘画上的狭隘观念；断然认定凡是中国的东西统统更胜一筹，因此蔑视“外邦蛮夷”；对于道教与佛教存在偏见，尽管这二教在思想上要远远胜过儒家，而儒家事实上只是一种行为规范而并非宗教。他还理所当然地认为孝顺便意味着女儿应当逆来顺受地任由父母将自己卖为娼妓；容许对跪在堂下的男男女女大刑伺候；执行将犯人残忍处死的严刑峻法，并且略无反对之意。强调这些特点，可有助于将狄公塑造成一个真正的人，掩饰这些方面则相当于篡改历史，因为在中国古代，所谓品德高尚、思想进步的人物，在伦理道德标准上常常与西方不同。然而，我们在评判其他时代更为野蛮粗暴的行为与道德时，必须小心谨慎，每每想到现代社会在集中营里进行大量虐待屠杀的惊人事迹，尤其是在研制大规模杀伤性武器方面的最新成果，我不得不承认，古人无论如何努力，其最残酷的刑罚也不过勉强接近业余水准。

在小说完成之后，还有一项任务，便是构思一个能够隐约暗示出全书主线的开篇故事[1]。我之所以保留了中国旧小说中这种饶有趣味的特色，主要是由于它向读者提供了一种进入中国式氛围的便利途径，想必少有读者会在读过全书之后，仍有时间与愿望来重温开头。以前的中国人发明楔子是为了引起读者兴趣，他们认为一目十行、匆遽浏览是大错特错之事，读书时喜欢从头至尾一阅再阅，从字里行间细细推敲情节的伏脉。还有一点应该指出，楔子大约出现于1600年前后的中国明代，距今已有三百五十年，比狄公生活的唐代则晚了九百年。我还沿用了将教喻诗放在全书开头的中国传统，并用一组对句作为每一章节的回目。

尽管我在小说中总体上遵循中国传统，但是仍有重要的两处却脱离了这种传统。第一，书中罪犯的身份，只有在结尾处才被揭示出来，中国公案小说则与之相反，总

[1] 即戏曲、小说的引子，又称楔子，一般放在篇首，用以点明和补充正文，或引出正文，或为正文做铺垫。

是自始便泄露了这一重大秘密，随后关于罪犯与判官之间斗智斗勇的过程，给性情平和的中国读者带来的享受，大概可与观看他人棋局差可比拟。在这一点上，我认为必须对现代东西方读者让步妥协不可。第二，我将书中人物控制在二十四人左右，而中国旧小说中，通常会有至少十倍以上的人数。中国读者对于姓名具有异常惊人的记忆力，对于家族亲属关系也感觉敏锐，因此喜欢书中人物众多，这一点对他们并不会造成困扰，然而我不能期望现代西方读者也可同样胜任，于是将人数限制在更小的范围内，并且采取了较易记忆的方式来书写姓名，即使如此，仍然有读者认为书中人物过多。在新近创作的狄公案新系列小说中，我正预备将人物仅限于十二个左右。

我写书的目的，在于向读者展示所有狄公及其亲信发现的线索，从而使得读者可以通过逐字逐句阅读并随手记下笔录的方式，自行推断出最终结果（这些都是假想而已!）。同时，我认为将所有模棱两可的线索一概抹去亦是正确之举。

至于小说风格，我同样遵循中国传统，即应当写得简约平直、实事求是，描述性的段落应减到最低限度。中国小说家将工夫笔力主要用在紧张激烈的行动与精妙机巧的对话上，时刻谨记言简意赅，这亦是中国所有文学形式在进行文字表达时的一条基本原则。在文风方面，我的确从中国古代公案小说家那里受益良多。

最后，我想就一个微妙的话题再说几句，即超自然的灵异因素。在中国公案小说中，鬼神随处可见，猫、狗、蜘蛛、猴子甚至厨房器具都具有能够口吐人言的本领，并可在公堂上作证，这些特色当然与侦探小说应当尽可能贴近现实的现代准则十分不符。不过，我认为小心谨慎地运用这种中国传统因素并不会冒犯读者，包括那些在此事上比我更加态度坚决之人。关于种种超自然现象，当今人类并不比一千二百年前的狄公知之更详，因此，我更倾向于将这五部小说中的灵异事件总结为以下诸多开放性问题，留给读者去自行判断究竟发生过何种情形。

《铜钟案》的楔子中，故作清高并收集宋代青瓷的自述者，是否当真从古镜中看到了所有那些可怖的景象？抑或是他在古董店中盘桓时突发高烧竟至病危？至于后来神志昏迷时产生的种种妄念，对狄公的兴趣和对两名小妾（即书中的阿杏与青玉）的爱恋占据了其中大半内容则是自然结果。

《迷宫案》的楔子中，研究罪案记录的书生是否当真在莲池边的饭铺中遇到了狄公后人？抑或是他不过做了一梦，并且曾经见过的路人在梦中占据了重要地位？第十九回中的鹤衣先生果然深晓玄机，还是狄公从他那里得到的线索，仅是其人与已故节度使倪守谦关系密切而产生的必然结果呢？

《湖滨案》的楔子中，品性堕落的大理寺司直经历了一场情感上的冲击，颠倒错乱竟至打算自寻短见。当他发现了一个美貌女子的尸体后——这女子由于某些原因投水自尽——是否当真陷入了错觉，以为她尚在人间，并亲口道出自己的罪恶图谋？抑或是杏花死后仍然立意复仇，借尸还魂且又死死缠住受害者，非得使他身心崩溃以至一命呜呼吗？

《黄金案》中的老主簿是否有时真会变作人虎？书中写到狄公与两名亲信曾在树林里亲眼见过他。如果读者拒绝承认世上存在人兽同体者，那么狄公看见的便是一只真正的老虎，只因指爪上带有白斑而被误认作人手，老主簿的一番自供，亦可被看成是一个头脑病态的老者生出的种种臆想。至于书中提到的鬼魂显灵，最终都可找到完全合乎自然的解释——除了一次之外！

《铁钉案》的楔子中，作为自述者的惧内夫君，在晚间仍沉迷于对狄公生平事迹的研究，并手书一封长信给他敬爱的兄长，是否当真在自家花园亭阁里见到了兄长的亡魂？抑或只是做了一个梦，且狄公与其兄长还有牙尖嘴利的正室夫人（即书中的陆陈氏）皆在其中扮演了各自的角色?

正如我们在复杂的现代生活中所必须面对的那些最为私密的难题一样，以上所有疑问也将以划上问号而作结，并且很可能永远如此。

高罗佩

译后记

《铁钉案》是狄公案小说“第一系列”[1]中的最末一本。1958年夏天，高罗佩先生担任荷兰驻黎巴嫩与叙利亚公使时，在贝鲁特写成第五部小说。当时黎巴嫩爆发了内战，形势混乱，荷兰公使馆正处于政府与叛军之间，虽然双方的火力都尽力避开使馆，但是仍会有枪弹飞入室内。高罗佩先生将妻子儿女送到了远处的山中，晚间独自一人坐在房中写作，外面枪声不断，并有火药味从窗外飘入，那种可怕的气氛也隐隐体现在这部小说中。[2]荷兰作家扬威廉·范·德·魏特灵在传记《高罗佩：他的生活，他的著作》中，曾引用了一段高罗佩先生在贝鲁特写给友人的书信，现试译如下：“当阿拉伯人不断将爆破筒扔进我的花园时，我很难集中精力，感到颇为棘手。迄今为止，我已设法将它们全都扔了回去。”[3]其中所述的当是这段经历。

1959年，本书的荷文版由荷兰范胡维出版社（W.

van Hoeve Ltd.）出版，书名为 *Nagels in Ning-tsjo*，应为《宁州钉》。1961 年，英文版由英国迈克尔·约瑟夫出版社（Michael Joseph Ltd.）出版，书名为 *The Chinese Nail Murders*。

关于英文本中的地名北州（Pei-chow）为何会成为荷文本中的宁州（Ning-tsjo），译者在此有一推测：西晋泰始六年（270 年），分益州的建宁、云南、兴古和交州的永昌四郡改设宁州，统括如今的云南。西魏废帝三年（554 年），改豳州为宁州。到了北周时期，因西魏已设宁州于彭原（今甘肃境内），为区别南中宁州，则将彭原的宁州改称为北宁州，南中宁州改称为南宁州。历史上的狄仁杰，曾在 686 年被外放为宁州刺史，即如今的甘肃宁县。因此，与本书相关的北州与宁州，应是来自地处北方的北宁州。

本书中的 Tartar 一词，音译为“鞑靼”，泛指出现在欧亚大草原与沙漠中的古代游牧民族，包括蒙古人和突厥人。在狄公生活的年代，唐军在北方曾与突厥多次作战，

---

❶ “第一系列”是指高罗佩先生最初创作的五部小说，包括《黄金案》《湖滨案》《铜钟案》《迷宫案》《铁钉案》。

❷ [荷兰] C. D. 巴克曼，[荷兰] H. 德弗里斯著，施辉业译：《大汉学家高罗佩传》，海南出版社，2011 年，第 219 页。

❸ Janwillem van de Wetering: *Robert van Gulik: His Life, His Work*, Soho Press, New York, 1998, p.15.

故此译作“突厥”。

本书前言中提到林语堂的历史小说《武则天传》，其开篇章以邠王李守礼[1]的口吻，自述了全书的缘起，其笔调与手法，或许对高罗佩先生创作《铜钟案》《迷宫案》的楔子不无启发，尤其是最末一段，现录如下：“现在我清闲无事，写下那些往事的回忆，正好使得我有事情做，这桩工作既是值得做的事，我又觉得胜任愉快。我相信对我一定很有益处。我当然不敢希望写出来一部像先父编的详赡渊博的《后汉书注》那样，要藏之名山，传诸后人，我只盼望据实写出来我当年知晓的那些人的秘史和那些值得记忆的故事，尤其是我们皇家的情形。关于我自己的话，就此为止。”[2]

本书中有不少关于药铺与药物的描述，在此说明一点，高罗佩先生始终对医学非常感兴趣，对于疾病和药物也做了大量的研究，总是随身携带着《荷兰医学手册》。其幼子托马斯后来当了医生，并且得到过这样的印象，即如果父亲可以重新安排自己生活的话，他也想当医生。[3]

至于书中的“药坡”一名，原文为 Medicine Hill，猜

---

❶ 李守礼（672—741），本名李光仁，唐高宗李治之孙，章怀太子李贤次子。

❷ 林语堂著，张振玉译：《武则天传》，东方出版社，2009 年，第 5 页。

❸ 《大汉学家高罗佩传》，第 180 页。

测或是来自清代文人周二学。此人著有《赏延素心录》，这是一部关于书画装潢的专著，高罗佩先生在另一部著作《书画鉴赏汇编》中曾对此书作过详细译介，现试译如下："周二学是一位活跃于清代雍正时期的书画收藏家，生平颇为不详，似是终生居于杭州，字药坡，号晚菘居士。在清代的多种人物传记书籍中，其名均不见录入，笔者曾在杭州及其周边地区的史志中搜寻过，亦是一无所获。以上记载来自周二学本人的著作与他人为其著作所写的序言。"

本书第十七回中，当洪亮不幸身亡后，狄公在写给夫人的书信里提到"凡有十分亲近之人离世，你我非但痛失其人，且自身心内亦有一处与之俱丧矣"。其出处似是英国十七世纪玄学派诗人约翰·但恩（1573—1631）的代表作《丧钟为谁而鸣》。全诗如下：

没有谁能像一座孤岛
在大海里独踞
每个人都像一块小小的泥土
连接成整个陆地
如果有一块泥土被海水冲击
欧洲就会失去一角
这如同一座山岬

也如同你的朋友和你自己

无论谁死了

都是自己的一部分在死去

因为我包含在人类这个概念里

因此我从不问丧钟为谁而鸣

它为我，也为你

本书第二十五回中的“高处不胜寒”一句，原文为it's very lonely—at the top，是否能作此解，令译者颇为惴惴，后来见到高罗佩先生在其著作《中国古代房内考》中提及诗句“不眠长夜怕寒衾”时，正是将“寒衾”译为the lonely coverlets，方才心中稍安，特此引证为据。

后记（一）中提到的《棠阴比事》之《从事函首》，原文如下：

近代有因行商回，见其妻为人所杀而失其首。妻族执其婿，诬以杀女，吏严讯之，乃自诬伏。案具，郡守委诸从事。从事疑之，请缓其狱，乃令封内仵作、行人遍供近与人家安厝墓冢多少去处，一一面诘之。有一人曰：某近于豪家举事，只言死却奶子，五更时于墙头舁过凶器，轻似无物，见瘗某处。及发之，但获一女人首，即将对尸，令其夫验认，云非妻也。继收豪家鞫之，乃是杀一奶子，函首葬之，以尸易此良家妇，私蓄之。豪民弃市。

高罗佩先生在译著《棠阴比事》英文本中曾作如下注解，或可视之为本书构思过程的一部分，现摘录并试译如下：“此则出自《玉堂闲话》。……郑克在《折狱龟鉴》中记述了一个类似的案件，值得引述在此：‘顷闻太平州有一妇人，与小郎偕出，遇雨入古庙避之，见数人先在其中。小郎被酒困睡，至晚方醒，人皆去矣，嫂已被杀，而尸无首。惊骇号呼，被执送官，不胜拷掠，诬服强奸嫂，不从而杀之，弃其首与刀于江中，遂坐死。后其夫至庐陵，于优戏场认得其妻。诸伶悉窜，捕获伏法，盖向者无首之尸，乃先在庙中之人也，伶人断其首，易此妇人衣，而携去。小郎之冤如此。’这两个故事中缺少细节，因此很难断定两个已婚妇人与杀人凶手究竟有多少牵涉。在前一案中，读者会倾向于认为商人离家外出时，其妻有意与富户结下私情，然后二人合谋弄出无头女尸之计，正是因此，他们期望官府不会查问妇人潜逃一事，其夫也将获罪送命。或许那富户还贿赂妻家控告丈夫谋杀。在后一案中，读者或许会认为妇人与一个伶人在庙里一见钟情，那伶人为了新欢而杀死情妇，又给尸体套上妇人的衣物，为的是阻止进一步查案，并陷害可能目击到这一切的小后生。不过，或许我们冤枉了这两个女人。前者可能被富户强行掠去，后者也是如此。无论是秘密藏在大宅中的小妾，还是跟随戏班四处漂泊的女子，如果不是屈服于威胁和凌虐之下，都很可能告发行凶者劫人的罪行。这两桩案子皆留下了广阔的思考空间。”

关于后记（一）中提到的《庄遵疑哭》，高罗佩先生在译著《棠阴比事》英文本中曾作有如下注解：“《棠阴比事》所有版本中皆为庄遵，但是《疑狱集》中为严遵。《折狱龟鉴》卷一中有一案件，亦由此人办理，编者指出庄遵乃是严遵之误，严遵是东汉时的扬州刺史，为官有能名。”

后记（一）中还提到铁钉杀人案的最新版本来自十八世纪中国公案小说《武则天四大奇案》，高罗佩先生在创作此书时确实多有借鉴，尤其是年轻寡妇泼悍酷烈的鲜明性格。在《武则天四大奇案》中，毕周氏不安于室，与他人勾搭成奸，竟至密谋杀夫，为了掩盖奸情，又用药毒哑了亲生女儿，真乃阴狠毒辣、十恶不赦的传统淫妇形象，第四回中甫一出场，“但见那个媳妇，年纪也在三十以内，虽是素装打扮，无奈那一对淫眼露出光芒，实令人魂魄消散。眉梢上起，雪白的面孔，两颊上微微地晕出那淡红的颜色，却是生于自然。”[1] 反观本书中的陆陈氏，虽与毕周氏性情相仿，却是由于和丈夫志趣不投、一时激愤而冲动杀人，且从未暗害亲女。对于这一人物，高罗佩先生显然在情理上有所回护，并非一味贬斥。

至于后记（一）中提到的李约瑟博士，不但是一位研究中国自然科学的西方杰出专家，而且与高罗佩先生有过私人交往。1943 年 1 月，二人因为公务，曾一同乘坐飞机从埃及开罗前往印度德里，并在为期五天的旅行过程中进行过多次长谈。同年 3 月，高罗佩先生被任命为荷兰驻重庆大使馆一等秘书，从加尔各答飞往重庆任职，李约瑟也在英国驻重庆大使馆工作，在其后的三年中，二人始终保持密切的联系。[2] 其著作《中国古代科技史》第二卷第 146 页的第六条脚注写道：“早在高罗佩关于中国性生理学与实践理念的著作出版之前，这一部分（“性技巧”）的内容就已大体如此。他发现了一套中国明代套色春宫图（出现于 1560 年至 1640 年间），并由此开始着手进行研究，如今已翻译并重印了 1610 年前后的《花营锦阵》一书。在结论方面，我二人惟一的不同之处是，我认为高罗佩在其著作中对于道家理论和实践的估计总体上过于苛

---

[1] （清）佚名撰：《狄梁公四大奇案》，群众出版社，2000 年，第 19 页。

[2] 《大汉学家高罗佩传》，第 95、96、103 页。

责；其他分歧极少且属于例外。如今我们已通过私下交流，在这一问题上达成了一致。”在第 147 页的正文中，另有一段提及高罗佩先生的文字：“在道家特有的房中术与普遍教授和传承的房术之间，并不存在严格的区别。高罗佩已经正确地强调过在被研究的文本中完全没有病态行为，比如性施虐狂与受虐狂，只是在后来的文献中才出现了一些实例，虽然并非不正常，却可以说是不常见的或辅助性的行为。早期文本中许多提及神仙与帝王的内容，暗示出有些技巧可能起源于古代的王公贵族，因为依照习俗，他们拥有大量的姬妾。千百年来，上层社会的姬妾数目没有那么多，但是在拥有多名女性配偶的家庭中，安排健康的性生活必定曾是一个非常真实的问题。”

在翻译本书时，译者依据的英文本是 2005 年 Harper Perennial 版本，即 1961 年美国初版 Harper & Row 的重印，书前附有《狄梁公像》，并有作者撰写的前言一篇、后记两篇。然而在通行的芝加哥大学版中，却是另一幅来自台湾“故宫博物院”的狄公画像，并且未有前言与后记（二）。现将两幅画像一并收入。

本书开篇的楔子，虽然篇幅不长，却十分引人入胜，颇有聊斋故事的玄怪风致。第二十一回中狄公入祠堂祭祖时的一大段意念中幻景的描述，手法颇为奇特，结尾处化险为夷后狄公悲喜参半、感慨万千的复杂心绪，更是写得丝丝入扣、感人至深。高罗佩先生曾将此书看作是狄公小说的最后一部[1]，猜测后来改变了这一想法，又创作出了后续故事《暮之虎》《柳园图》《广州案》。

高罗佩先生所作的后记，无一不是内容翔实、资料丰富，本书中的后记（二），更是一篇弥足珍贵的创作心得体会总述。第一系列的五部小说，其英文原名皆为“中国某某案”，不但在体裁上几乎完全模仿中国公案小说，且又借用了不少中国古籍中的素材作为主干情节。更为可贵的是，作者在创作中亦是运用中国古典小说中的多种文学手法，尽可能地保持中国特色，做到了形神兼备。从这五本小说中，明显可见作者在创作伊始便有着整体的构思与考虑，包括时间线的安排、书中重要人物的设定与其命运遭遇。在后续小说中，不时会出现情节回溯，即提到之前发生过的事件，读来既有亲切感，又能加强彼此之间的联系，增加不少趣味性。

在完成“第一系列”之后，作者考虑到西方读者的意见和要求，在后来的“新系列”中，着意缩短小说篇幅，减少书中人物数量（通过安排狄公与一名亲随外出办

---

[1] 《大汉学家高罗佩传》，第 216 页。

案来达到这一目的），在体裁上也做出不少改变，比如去掉篇章回目、开篇训谕诗和楔子，尝试在第一章让凶手蒙面出场，直接切入案情，造成强烈的悬念。其后的作品中，主体情节基本全是作者自创，只偶尔借用了几则中国古籍中的故事作为局部点缀。高罗佩先生的创作初衷，便是向东西方读者介绍中国古代公案小说，事实证明确实通过形式、内容、手法与文字的完美结合达到了这一目的，同时加入西方现代侦探小说的某些要素，从而大大提升了中国传统公案小说的可读性。唯有不世出的天才人物，方有足够的才力与勇气去开创先河，并且可能做到出手即是高峰。虽然这种形式的侦探小说后来未能在东西方继续发扬光大，我们仍是要由衷感谢高罗佩先生留下的这笔丰厚的文学遗产。

张 凌

2018 年 9 月

（2019 年 6 月修订）

图书在版编目(CIP)数据

铁钉案/(荷) 高罗佩(Robert van Gulik)著;
张凌译. —上海:上海译文出版社,2019.4(2024.2 重印)
(大唐狄公案)
书名原文:The Chinese Nail Murders
ISBN 978-7-5327-7984-0

Ⅰ.①铁… Ⅱ.①高… ②张… Ⅲ.①侦探小说—荷兰—现代 Ⅳ.①I563.45

中国版本图书馆 CIP 数据核字(2019)第 029558 号

Robert van Gulik
The Chinese Nail Murders
根据 Harper & Row 1961 年初版译出

铁钉案
[荷] 高罗佩 著 张凌 译
责任编辑/顾真 装帧设计/张志全工作室

上海译文出版社有限公司出版、发行
网址:www.yiwen.com.cn
201101 上海市闵行区号景路159弄B座
苏州市越洋印刷有限公司印刷

开本 889×1194 1/32 印张 8.75 插页 4 字数 99,000
2019 年 4 月第 1 版 2024 年 2 月第 8 次印刷
印数:30,501—37,500 册

ISBN 978-7-5327-7984-0/I·4914
定价:40.00 元